Franz Boas
Edward William Nelson
Lucien M. Turner

Eskimomärchen

Übersetzt von Paul Sock

Franz Boas, Edward William Nelson, Lucien M. Turner:
Eskimomärchen

Übersetzt von Paul Sock.

Erstdruck: Berlin, Axel Juncker Verlag, 1921 mit der Widmung »Für
Olga K.«.

Neuausgabe
Herausgegeben von Karl-Maria Guth
Berlin 2017

Umschlaggestaltung von Thomas Schultz-Overhage unter Verwendung
des Bildes: Jakob Danielsen, Kaassassuk läuft zu den Bären, vor 1938.

Gesetzt aus der Minion Pro, 11 pt

Verlag: Henricus - Edition Deutsche Klassik GmbH
Mörchinger Str. 33, 14169 Berlin, info@henricus-verlag.de
Druck: Libri Plureos GmbH, Friedensallee 273, 22763 Hamburg

ISBN 978-3-7437-0614-9

Bibliografische Information der Deutschen Nationalbibliothek

Die Deutsche Nationalbibliothek verzeichnet diese Publikation in der
Deutschen Nationalbibliografie; detaillierte bibliografische Daten sind
im Internet über www.dnb.de abrufbar.

Inhalt

1. Flutlegende von St. Michael

(Aljaska)

In den ersten Tagen war die ganze Erdoberfläche mit Ausnahme eines sehr hohen Berges in ihrer Mitte überflutet. Vom Meer her stieg das Wasser und bedeckte alles Land, mit Ausnahme dieses Berges; nur ein paar Tiere wurden gerettet und entkamen dadurch, daß sie die Berghänge hinanstiegen. Einige wenige Leute entkamen, indem sie ein Familienboot bestiegen. Ihr Leben fristeten sie mit Fischen, die sie bei Ebbe fingen. Als schließlich das Wasser zurückging, gingen die Leute, die gerettet waren, auf die Berge und lebten da; gelegentlich stiegen sie dann zur Küste herab. Auch die Tiere kamen wieder herab und belebten die Erde mit ihrem Geschlecht. Während der Flut schnitten Wogen und Ströme in die Oberfläche des Landes Furchen und Risse und als dann das Wasser zurückging und immer weiter zum Meer abfloß, waren die heutigen Berge und Täler entstanden.

2. Die große Flut

(Von den Zentral-Eskimos)

Vor langer Zeit begann einmal der Ozean plötzlich zu steigen, bis er das ganze Land bedeckt hatte. Das Wasser floß über die Gipfel der Berge und das Eis trieb über sie hinweg. Als die Flut sich dann zurückzog, strandete das Eis und bildete überall auf den Gipfeln der Berge eine Eishaube. Viele Schaltiere, Fische, Seehunde und Wale blieben hoch oben am Trocknen zurück und da sind ihre Schalen und Knochen noch bis zum heutigen Tage sichtbar. Eine große Anzahl Inuit starben während dieses Zeitraumes, aber viele andere, die, als das Wasser zu steigen begann, ihre Kajaks bestiegen hatten, wurden gerettet.

3. Die Schöpfung

(Geschichten vom Raben Tu-lu-kau-guk I.)

Es gab eine Zeit da auf der Erdoberfläche noch keine Menschen waren. Die ersten vier Tage war der erste Mensch noch eingehüllt in der Schote einer Stranderbse. Am fünften Tag streckte er seine Füße heraus, zersprengte die Schote und fiel als völlig ausgewachsener Mann auf den Boden und stand auf. Er sah sich um, bewegte seine Hände und Arme, seinen Hals und seine Beine und untersuchte sich selbst ganz neugierig. Als er sich umsah, erblickte er die Schote, aus der er herausgefallen war, noch an der Ranke hängend und an ihrem unteren Ende das Loch, aus dem er gekommen war. Dann sah er sich wieder um und bemerkte, daß er sich von seinem Ausgangspunkt entfernt hatte und der Boden unter seinem Tritt nachgab und ganz weich war. Nach einiger Zeit spürte er im Magen ein unangenehmes Gefühl und bückte sich, um aus einer kleinen Pfütze vor seinen Füßen Wasser in den Mund zu schöpfen. Das Wasser lief in seinen Magen hinunter und er fühlte sich wieder wohler. Als er wieder aufsah, bemerkte er ein schwarzes Ding mit flatternden Bewegungen geradewegs auf sich zukommen. Wenn es anhielt und am Boden stand, sah es ihn an. Das war der *Rabe*, und als er stehen blieb hob er einen Flügel und schob seinen Schnabel, wie eine Maske, auf den Kopf hinauf und verwandelte sich im selben Augenblick in einen Mann. Schon bevor er seine Maske hochgehoben, hatte er den Menschen angestarrt und nachdem er sie aufgehoben, glotzte er noch mehr und bewegte sich, um genauer sehen zu können, hin und her. Endlich sagte er: »Was bist du? Von wo bist du gekommen? So etwas wie dich habe ich noch nie gesehen!« Der Rabe blickte den Menschen an und war immer mehr darüber verwundert, daß dieses fremde Wesen ihm an Gestalt so ähnlich war.

Dann ließ er den Menschen ein paar Schritte gehen und rief wieder erstaunt: »Von wo bist du gekommen? Ich habe früher nie so etwas, wie dich, gesehen!« Darauf antwortete der Mensch: »Ich komme aus dieser Erbsenschote«, und zeigte auf die Pflanze, aus der er gekommen war. »Ah«, rief der Rabe, »ich habe zwar diese Pflanze geschaffen, aber niemals geglaubt, es könnte so etwas, wie du daraus hervorkommen. Komm mit mir auf jene Anhöhe dort; ich habe sie zwar erst ein wenig später gemacht und sie ist noch weich und nachgiebig, aber es ist dort doch fester und härterer Grund als hier.«

Sie gewannen bald das höher gelegene Land und hatten nun festeren Boden unter ihren Füßen. Der Rabe fragte den Menschen, ob er etwas gegessen hätte. Dieser antwortete, daß er aus einer Pfütze irgend ein feuchtes Zeug zu sich genommen. »Ah«, sagte der Rabe, »du hast Wasser getrunken. Warte jetzt hier auf mich.«

Er zog die Maske wieder vors Gesicht, verwandelte sich so in einen Vogel und flog hoch in den Himmel, wo er verschwand. Der Mensch wartete wo er geblieben war, bis der Rabe am vierten Tag zurückkam. In seinen Klauen brachte er vier Beeren. Er schob seine Maske hinauf und wurde wieder ein Mann, der ihm zwei Brombeeren und zwei schwarze Rauschbeeren entgegen hielt und sagte: »Das habe ich für dich zum essen gebracht. Ich will auch, daß diese Beeren auf Erden häufig vorkommen; jetzt iß sie aber!« Der Mensch nahm die Beeren und steckte sie nacheinander in den Mund und sie stillten seinen Hunger, den er schon unangenehm gespürt hatte. Dann führte der Rabe den Menschen zu einem kleinen Bach in der Nähe; dort ließ er ihn stehen, ging zum Rand des Wassers und formte aus ein paar Lehmpatzen ein Paar Bergschafe und behielt sie in der Hand. Als sie getrocknet waren, forderte er den Menschen auf, sich anzusehen, was er gemacht habe. Der Mensch fand sie sehr schön und der Rabe befahl ihm nun, seine Augen zu schließen. Sowie er die Augen geschlossen hatte, nahm der Rabe wieder seine Maske vor und machte über den Bildwerken vier Flügelschläge, womit ihnen das Leben eingehaucht war und als vollausgewachsene Schafe sprangen sie davon. Nun hob er wieder seine Maske hoch und befahl dem Menschen zu sehen. Wie der Mensch die Schafe sich so voll Leben bewegen sah, schrie er vor Freude auf, und der Rabe sagte: »Wenn diese Tiere zahlreich geworden sein werden, werden die Menschen sehr danach trachten, sie zu bekommen.« Darauf sagte der Mensch, er hoffe, sie würden zahlreich werden. »Gut«, sagte der Rabe, »es wird aber für sie besser sein, in den hohen Felsen zu hausen, sodaß sie nicht jeder töten kann, und man soll sie nur dort finden.«

Dann schuf der Rabe aus Lehm noch zwei weitere Tiere, denen er wie früher Leben einhauchte, aber da sie nur stellenweise trocken waren, als sie belebt wurden, blieben sie braun und weiß gefleckt und so entstand das zahme Renntier mit seinem fleckigen Fell. Sie gefielen dem Mensch gut, und der Rabe belehrte ihn, daß sie sehr wertvoll werden würden. Auf die gleiche Weise wurde dann ein Paar wilder Renntiere geschaffen, die der Rabe nur am Bauch trocknen und weiß werden ließ, bevor er sie belebte; daher kommt es, daß der Bauch der einzige weiße Teil der wilden Renntiere ist. Der Rabe verriet nun dem Menschen, daß diese Tiere sehr gewöhnlich sein werden und die Menschen würden viele von ihnen töten.

»So allein wirst du dich einsam fühlen«, sagte dann der Rabe, »ich will dir einen Gefährten schaffen.« Er ging nun zu einer Lacke, die etwas von der, wo er die Tiere geschaffen hatte, entlegen war und schuf, indem er ab und zu auf den Menschen sah, ein ihm sehr ähnliches Bildwerk. Dann befestigte er als Haar ein Büschel feinen Wassergrases an seinem Kopf, und nachdem er in seinen Händen das Bild getrocknet hatte, schwang er wie früher seine Fittige über ihm und ein wunderschönes Weib entstand neben dem Mann. »Da ist ein Gefährte für dich!« sagte der Rabe und führte sie zu einem kleinen Hügel in der Nähe weg.

In diesen Tagen gab es weit und breit keine Berge und es war ewig heller Sonnenschein. Kein Regen fiel und keine Winde wehten. Als sie zu dem Hügel kamen, zeigte ihnen der Rabe, wie man aus trockenem Moos ein Bett macht und sie schliefen da gut und warm; der Rabe zog seine Maske herab und schlief als Vogel in der Nähe. Er erhob sich vor den andern, ging wieder an den Bach und schuf je ein Paar Äschen, Stichlinge und Lippfische. Als die im Wasser herumschwammen, rief er die Menschen, sie anzusehen. Der Mensch sah hin und wie die Stichlinge mit wirbelnden Bewegungen gegen die Strömungen schwammen, streckte er überrascht die Hände nach einem aus, aber der Fisch entkam ihm. Nun zeigte ihm der Rabe die Äschen und belehrte ihn, daß sie in den klaren Bergflüssen zu finden seien, während die Stichlinge an der Meeresküste leben würden, und daß diese beiden Arten gut zu essen seien. Danach wurde die Spitzmaus geschaffen, von der der Rabe sagte, daß man sie zwar nicht essen könne, daß sie aber den Boden belebe und das Land davor bewahre, freudlos und unfruchtbar auszusehen.

So schuf der Rabe noch einige Tage lang Vögel, Fische und Säugetiere, zeigte sie den Menschen und erklärte ihren Nutzen.

Dann flog er in den Himmel und blieb vier Tage lang weg. Als er zurückkam, brachte er dem Menschen einen Lachs. Er sah sich um und bemerkte, daß die Pfützen und Seen still und einsam waren, und so schuf er viele Wasserinsekten für ihre Oberflächen, und aus dem gleichen Material machte er den Biber und die Bisamratte, um die Ufer zu beleben. Dann wurden noch Fliegen, Mücken und andere Land- und Wasserinsekten geschaffen, und der Mensch dessen belehrt, daß sie nur geschaffen seien, um die Erde zu beleben und fröhlich zu machen. Zu jener Zeit waren alle Mücken wie die Hausfliegen und stachen nicht, wie heutzutage.

Er zeigte dem Menschen dann die Bisamratte und riet ihm, ihr Fell als Kleidung zu verwenden. Er erzählte ihm auch, daß der Biber an den Flüssen hausen und starke Baue errichten werde, und daß er diesem Beispiel folgen müsse und auch so schlau sein, denn ihn könnten nur gute Jäger erwischen.

Um diese Zeit gebar die Frau ein Kind und der Rabe gab dem Menschen Anleitungen, wie es zu ernähren sei und erklärte, daß es auch zu so einem Menschen, wie er sei, heranwachsen werde. Kaum war das Kind geboren, da brachte es der Rabe mit dem Menschen an einen Bach, rieb es mit Schlamm ab und sie kehrten dann wieder zu ihrem Aufenthaltsort am Hügel zurück. Am anderen Morgen lief das Kind schon herum und riß Gras und andere Pflanzen aus, die der Rabe in der Nähe wachsen ließ. Am dritten Tag war es schon ein erwachsener Mann.

Nun fiel es dem Raben ein, daß die Menschen alles was er geschaffen, zerstören würden, wenn er nicht etwas schüfe, um sie zu schrecken. Er ging also an einen Bach in der Nähe und formte einen Bären; er belebte ihn dann und wie der Bär grimmig dreinschauend dastand, sprang er rasch zur Seite. Dann holte er den Menschen und belehrte ihn, daß der Bär ganz schrecklich sei, und wenn er ihn störe, ihn in Stücke reißen werde. Dann wurden die verschiedenen Robbenarten geschaffen und ihre Namen und Gewohnheiten dem Menschen erklärt. Der Rabe lehrte den Menschen noch, wie man aus Seehunds-fellen ungegerbte Schnüre und Schlingen für Rotwild mache, aber er warnte ihn davor mit dem Rotwildfang früher zu beginnen, als bis es zahlreich genug sei.

Um diese Zeit war das Weib wieder in der Hoffnung und der Rabe erklärte, es werde diesmal ein Mädchen werden und sobald es geboren sei, müßten sie es mit Schlamm abreiben, und wenn es erwachsen sei, müsse es den Bruder ehelichen. Dann ging der Rabe weg, zu dem Platz, wo er in der Erbsenranke den ersten Menschen gefunden hatte. In seiner Abwesenheit wurde ein Mädchen geboren und das Paar tat wie ihm befohlen war; am nächsten Tag lief das Mädchen schon herum. Am dritten war es eine erwachsene Frau und wurde, wie der Rabe befohlen hatte, dem jungen Mann vermählt, auf daß die Erde rascher bevölkert werde.

Als der Rabe zur Erbsenschote kam, fand er drei andere Männer, die gerade aus der Schote, die den ersten hervorgebracht hatte, gefallen waren. Diese Männer sahen sich, wie der erste, verwundert um, und der Rabe führte sie in einer Richtung, die jener, in der er den ersten mitgenommen hatte, entgegengesetzt war, weg und brachte sie hart am Meer aufs Festland. Hier blieben sie und der Rabe blieb lange Zeit bei ihnen und lehrte sie, wie sie leben sollten. Er lehrte sie Feuerbohrer und Bogen aus einem trockenen Holzstück und einer Saite anzuferti-gen; das Holz nahm er von Sträuchern und kleinen Bäumen, die er an geschützten Orten in Rinnen an den Abhängen wachsen ließ. Er schuf für jeden der Männer ein Weib und viele Pflanzen und Vögel, die die Seeküste bewohnen; es waren aber weniger Arten, als er im Land, wo der erste Mensch lebte, gemacht hatte. Er lehrte die Men-schen Bogen, Pfeile, Netze und alle anderen Jagdgeräte machen und auch ihren Gebrauch, besonders, wie man die Robben fängt, die jetzt im Meer massenhaft vorkamen. Er lehrte sie Kajaks machen und zeigte ihnen, wie man aus angeschwemmten Balken, Ästen und Erde gutgedeckte Häuser baue. Jetzt wurden auch die drei Frauen der Männer schwanger und der Rabe ging wieder zum ersten Menschen zurück, wo er die Kinder verheiratet fand. Er erzählte dem Menschen dann alles, was er für die Leute an der Küste getan hatte; sah sich dann um und fand, daß die Erde kahl aussehe. Er ließ also, als die anderen schliefen, an geschützt gelegenen Stellen Birken, Rottannen und kanadische Pappeln wachsen und weckte dann die Leute, die sich über den Anblick der Bäume sehr freuten. Dann lernten sie mit dem Feuerbohrer Feuer machen, wie man den Zunderfunken in ein Bündel trockenen Grases legt und herumfächelt bis es aufflammt und dann trockenes Holz nachlegt. Er zeigte ihnen, wie man Fische auf einem Stock braten kann, aus Weidenrinde und Spänen Fischfallen macht, Lachse für den Winter trocknet und Häuser baut.

Dann ging der Rabe wieder zurück zu den Küstenbewohnern. Als er weggegangen war, ging der Mensch mit seinem Sohn hinunter zum Meer und der Sohn fing einen Seehund, den sie dann mit den Händen umbringen wollten; es gelang nicht, aber schließlich tötete ihn der Sohn mit einem Faustschlag. Dann zog ihm der Vater allein mit den Händen das Fell ab und sie machten Riemen daraus und trockneten sie. Aus diesen Riemen machten sie in den Wäldern Schlingen für die Renntiere. Als sie am nächsten Morgen diese nachsehen gingen, fanden sie die Stricke durchgebissen und die Schlingen weg, denn damals hatten die Renntiere noch scharfe Zähne, wie die Hunde. Der Sohn dachte eine Zeitlang nach und machte dann am Weg der Tiere ein tiefes Loch und hängte, an der Schlinge befestigt, einen schweren Stein hinein und zwar so, daß der Stein, wenn sich ein Tier in der Schlinge fing, ins Loch hinunterrutschen, seinen Nacken herunterziehen und es so festhalten mußte. Als sie am andern Morgen zurückkamen, fanden sie ein Renntier in der Schlinge verwickelt. Sie nahmen es heraus, töteten es und zogen ihm das Fell ab, das sie für ein Bett nach Hause nahmen. Etwas von dem Fleisch brieten sie am Feuer und fanden es ganz genießbar.

Eines Tages ging der Mensch hinaus, um an der Küste Robben zu jagen. Er sah sehr viele, aber jedesmal, wenn er sich vorsichtig herangeschlichen hatte, krochen sie ins Wasser, bevor er ganz an sie heran konnte. Schließlich war nur noch ein Tier am Strand. Der Mensch schlich sich noch vorsichtiger heran als früher, aber auch dies entkam ihm. Nun stand er auf und ein seltsames Gefühl bewegte seine Brust und Tränen tropften aus seinen Augen ins Gesicht. Er hob seine Hände und fing einige Tropfen auf, um sie anzusehen und er entdeckte, daß sie wie Wasser waren. Ohne daß er es wollte, entrangen sich ihm laute Schreie und Tränen fielen in sein Gesicht, als er heim ging. Als sein Sohn ihn kommen sah, machte er seine Frau und seine Mutter darauf aufmerksam, mit welch seltsamem Lärm der Mensch daherkomme. Als er sie erreicht hatte, waren sie noch mehr erstaunt, Wasser aus seinen Augen rinnen zu sehen. Nachdem er ihnen die Geschichte seiner Enttäuschung erzählt hatte, wurden sie alle vom gleichen fremden Schmerz ergriffen und klagten mit ihm, und so lernten die Menschen zum erstenmal das Weinen. Danach fing dann der Sohn einen anderen Seehund und sie machten noch weitere Renntierfallen aus seiner Haut.

Als diesmal das gefangene Renntier nachhause gebracht wurde, trug der Mensch seinen Leuten auf, einen Knochensplitter von seinem Vorderfuß zu nehmen und in das breite Ende ein Loch zu bohren. In dies steckten sie Renntiersehnen und nähten Felle über ihren Körper, um sich für den Winter warm zu halten. Der Rabe hatte ihnen befohlen, das so zu machen, damit die frischen Renntierfelle auf ihnen trockneten. Dann zeigte der Mensch, wie man Bogen und Pfeile mache und letztere mit Hornspitzen versehe, um damit Renntiere zu erlegen. Hiermit brachte der Sohn auch sein erstes Renntier zur Strecke. Er schnitt es dann auf und legte seinen Speck auf ein Gebüsch und schlief daneben ein. Als er erwachte, hatten die Mücken den Speck ganz aufgefressen. Das ärgerte ihn sehr. Bis dahin hatten die Mücken nie die Menschen gestochen, aber dieser Mensch beschimpfte sie wegen dessen, was sie getan hatten und sagte: »Nie mehr sollt ihr Speck fressen, freßt lieber noch die Menschen.« Und von da an haben die Mücken immer die Menschen gestochen.

Dort wo der erste Mensch gelebt hatte, war jetzt ein großes Dorf entstanden, denn die Menschen taten alles, was der Rabe ihnen gezeigt hatte, und sobald ein Kind geboren war, wurde es mit Schlamm abgerieben und so bewirkt, daß es in drei Tagen erwachsen war. Eines Tages kam nun der Rabe zurück, setzte sich zum Menschen und sie sprachen von vielen Dingen. Der Mensch erkundigte sich beim Raben nach dem Land, das er im Himmel geschaffen. Der Rabe sagte, er habe dort ein sehr gutes Land gemacht und der Mensch bat ihn, er möchte ihn dorthin mitnehmen, damit er es sehe. Der war damit einverstanden und sie machten sich nach dem Himmel auf den Weg und kamen dort auch in kurzer Zeit an. Da war der Mensch in einem wunderbaren Land mit einem viel besseren Klima, als auf Erden. Die Leute, die dort lebten, waren aber sehr klein; wenn sie neben ihm standen, reichten ihre Köpfe ihm nur bis zum Oberschenkel. Während sie hier herumzogen, erblickte der Mensch viel fremde Tiere; auch der Boden war viel besser als der, den er verlassen hatte. Der Rabe erzählte, daß dies Land mit seinen Tieren und Menschen das erste gewesen sei, das er erschaffen habe.

Die Leute, die da lebten, machten schöne Pelzkleider mit eingearbeiteten Mustern, wie sie die Menschen jetzt auch auf Erden tragen, denn der Mensch hat nach seiner Rückkehr den Leuten gezeigt solche Kleider zu machen und die Muster haben sich allenthalben erhalten. Nach einiger Zeit kamen sie an ein großes Haus und traten ein. Ein uralter Mann, der erste, den der Rabe im Himmel geschaffen hatte, kam von seinem Ehrenplatz gegenüber der Haustür herab und bewillkommte sie; er beauftragte jetzt seine Leute, den Gästen aus dem unteren Land, die seine Freunde seien, Speisen zu bringen. Es wurde dann eine Art gesottenen Fleisches, wie es der Mensch vorher nie gesehen hatte, gebracht. Der Rabe belehrte ihn, daß es von Bergschafen und zahmen Renntieren sei. Nachdem der Mensch gegessen hatte, wollte ihm der Rabe noch andere Dinge, die er gemacht hatte, zeigen, warnte ihn aber davor, aus den Seen, an denen sie vorüberkommen würden, zu trinken, denn er habe in sie Tiere gesetzt, die ihn umbringen und zerfleischen würden, wenn er näherkäme.

Auf ihrem Weg kamen sie an ein ausgetrocknetes Teichbett, das dicht mit hohen Gräsern bewachsen war. Auf den Grasspitzen, die sich unter der Last aber gar nicht bogen, lag ein großes, seltsames, sechsbeiniges Tier mit einem langen Kopf. Die beiden Hinterbeine waren ungewöhnlich lang, die vorderen waren kurz und aus dem Bauch ragte ein ganz kurzes Beinpaar hervor. Der ganze Körper des Tieres war mit feinem, dünnem Haar bewachsen, wie die Spitzmaus, nur war es an den Füßen länger. Am Kopf standen zwei kurze, dicke nach rückwärts gebogene Hörner hervor. Die Augen waren klein und die Farbe des Tieres dunkel, schwärzlich.

Danach kamen sie zu einer runden Öffnung im Himmel, um deren Rand kurzes Gras wuchs, das wie Feuer glimmte. Dies war, so sagte der Rabe, ein Stern, Mondhund genannt. Die Spitzen des die Öffnung umrahmenden Grases fehlten und der Rabe erzählte, daß seine Mutter einmal einige, und er den Rest, um auf Erden das erste Feuer zu machen, weggenommen habe. Er fügte noch hinzu, daß er zwar versucht habe diese Grasart auch auf Erden zu schaffen, es sei ihm aber nicht gelungen.

Nun befal er dem Menschen die Augen zu schließen, er werde dann an einen anderen Ort versetzt werden. Der Rabe nahm ihn auf seine Flügel und ließ sich durch die Öffnung hindurch. Lange glitten sie dahin, bis sie an etwas stießen, das sie in ihrer Bewegung aufhielt. Sie blieben stehen und der Rabe sagte, sie seien jetzt am Meeresgrund. Der Mensch atmete ganz leicht und der Rabe erklärte ihm, daß der Nebelschleier ringsum durch das Wasser hervorgerufen sei; dann sagte er: »Ich werde hier einige neue Tierarten schaffen; du darfst aber nicht herumgehen, leg dich nieder und wenn du müde bist, so dreh dich auf die andere Seite.«

Der Rabe ließ den Menschen nun lange auf einer Seite liegen. Endlich erwachte er dann, fühlte sich sehr müde und wollte sich umdrehen; es gelang ihm aber nicht. Da dachte der Mensch bei sich: »Wenn ich mich doch nur umdrehen könnte!« und im selben Augenblick drehte er sich auch schon ohne Schwierigkeit herum. Wie er das tat, bemerkte er voll Erstaunen, daß sein ganzer Körper mit langen weißen Haaren bedeckt war und seine Finger lange Krallen bekommen hatten; er fiel aber sofort wieder in Schlaf. Noch dreimal erwachte er und schlief dreimal wieder ein. Als er zum viertenmal erwachte, stand der Rabe neben ihm und sagte: »Ich habe dich in einen Eisbär verwandelt; wie gefällt dir das?« Der Mensch wollte antworten, konnte aber keinen Laut von sich geben; da schwang der Rabe seine Zauberflügel über ihm und er antwortete nun, daß es ihm nicht gefalle, denn so müsse er am Meer leben, während sein Sohn am Land leben könne und er werde sich hierbei unglücklich fühlen. Da tat der Rabe einen Flügelschlag und das Bärenfell fiel vom Menschen und blieb leer am Boden liegen, während dieser in seiner natürlichen Gestalt wieder aufstand. Nun nahm der Rabe eine seiner Schwanzfedern und steckte sie als Rückgrat ins Bärenfell, machte einige Flügelschläge darüber und ein Eisbär stand da. Sie gingen dann weiter; seit dieser Zeit aber findet man am zugefrorenen Meer Bären.

Der Rabe fragte den Menschen nun, wie oft er sich umgedreht habe und er antwortete: »Viermal.« »Das waren vier Jahre«, sagte der Rabe, »denn du hast genau vier Jahre lang dort geschlafen.« Sie waren noch nicht weit gegangen, als sie ein kleines Tier sahen, das einer Spitzmaus ähnelte. Das war ein Wi-lu-gho-yuk. Es gleicht der am Land lebenden Spitzmaus, lebt aber am Meereis. Wenn es einen Menschen sieht, fährt es auf ihn los, kriecht ihm zu den Schuhen hinein und krallt über seinen ganzen Körper. Wenn der Mann ganz still hält, verläßt es ihn wieder und er wird dann ein erfolgreicher Jäger werden. Wenn aber der Mensch, so lang das Tier auf ihm ist, auch nur einen Finger rührt, beißt es sich durch sein Fleisch geradewegs aufs Herz los und tötet ihn so.

Dann schuf der Rabe den A-mi-kuk, ein großes, schleimiges Tier mit lederartiger Haut und vier langen, weitausgreifenden Armen. Dieses wilde Tier lebt im Meer, schlingt seine Arme um Männer und Kajaks und zieht sie unters Wasser. Sucht ihm der Mensch dadurch zu entrinnen, daß er den Kajak verläßt und aufs Eis steigt, so taucht es unter, bricht das Eis unter seinen Füßen und es verfolgt ihn auch noch an der Küste, wo es sich unter der Erde, genau so leicht, wie es im Wasser schwimmt, weitergräbt, sodaß ihm niemand, der einmal von ihm verfolgt wird, entkommen kann.

Danach sahen sie dann zwei große, schwarze Tiere, die um ein kleineres herumschwammen. Der Rabe eilte voraus und setzte sich auf den Kopf des kleineren Tieres, das nun ruhig blieb. Als der Mensch herankam, zeigte ihm der Rabe die zwei Walrosse und sagte, das kleine, auf dessen Kopf er säße, sei ein »Walroßhund«. Dies Tier, sagte er noch, wird immer mit den großen Walrossen ziehen und die Leute umbringen. Es war lang, ziemlich schlank und mit schwarzen Schuppen bedeckt, die aber nicht so hart waren, als daß man sie mit einem Speer nicht hätte durchstechen können. Sein Kopf und seine Zähne hatten eine gewisse Ähnlichkeit mit denen eines Hundes. Er hatte vier Beine und einen langen, runden Schwanz, der, wie der Körper, mit Schuppen bedeckt war. Durch einen einzigen Schlag mit diesem Schwanz kann es einen Mann töten.

Sie sahen nun viele Wale und allerlei Raubtiere. Der Rabe erklärte dem Menschen, daß nur gute Jäger die Wale töten könnten, wenn aber einer erlegt sei, könne ein ganzes Dorf daran essen. Dann sahen sie den I-mum-ka-boi-a-ga oder »Seefuchs«, ein Tier, das dem roten Fuchs sehr ähnlich sieht, nur im Meer lebt und so wild ist, daß es den Menschen tötet. In der Nähe waren auch zwei Seeottern, die auch den Landottern gleichen, aber ein viel feineres Fell haben. Sie sind weiß gesprenkelt, sehr selten und nur die besten Jäger sind imstande, sie zu fangen. An vielen Fischarten kamen sie noch vorüber und dann erhob sich vor ihnen die Küste und oben konnte man das Gekräusel der Wasseroberfläche sehen. »Schließ deine Augen und halte dich an mir fest«, sagte der Rabe. Kaum hatte der Mensch das getan, da stand er auch schon am Strand, in der Nähe seines Hauses und war sehr erstaunt, da, wo er ein paar Hütten verlassen hatte, ein großes Dorf zu sehen. Seine Frau war sehr alt geworden und sein Sohn war auch schon ein alter Mann. Als ihn die Leute sahen, bewillkommten sie ihn und machten ihn zu ihrem Häuptling. Im Festhaus wurde ihm der Ehrenplatz eingeräumt und er erzählte dort den Leuten was er alles gesehen hatte und lehrte die jungen Leute viele Sachen. Die Dorfbewohner wollten dem Raben einen Sitz neben dem Alten am Ehrenplatz einräumen; er schlug es aber aus und wählte sich seinen Platz beim gewöhnlichen Volk, in der Nähe des Eingangs.

Nach einiger Zeit wollte der erste Mensch das schöne Himmelsland wieder sehen, aber seine Leute wollten lieber, er bliebe bei ihnen. Er ermahnte seine Kinder, in seiner Abwesenheit nicht unglücklich zu sein und kehrte dann in Begleitung des Raben ins Himmelsland zurück. Die Zwerge nahmen sie freundlich auf und die beiden lebten dort lange Zeit; indessen waren die Erdbewohner sehr zahlreich geworden und töteten sehr viele Tiere. Das ärgerte den Menschen und den Raben sehr. Eines Nachts nahmen sie also ein langes Seil und einen Korb und stiegen zur Erde herab. Der Rabe fing da zehn Renntiere und steckte sie mit dem Menschen in den Korb. Dann befestigte er ein Ende des Seils am Korb und erhob sich, das Ganze hinter sich ziehend, wieder in den Himmel. Am nächsten Abend stiegen sie in der Nähe des Menschen-Dorfes mit den Renntieren wieder herab. Den Renntieren wurde aufgetragen, das nächste Haus, zu dem sie kämen, niederzubrechen und die Bewohner zu vernichten, weil die Menschen zu zahlreich geworden seien. Die Renntiere taten, wie ihnen befohlen war, fraßen mit ihren scharfen Wolfszähnen die Leute auf und kehrten dann wieder in den Himmel zurück. In der nächsten Nacht kamen sie wieder und vernichteten in gleicher Weise ein anderes Haus samt seinen Bewohnern. Nun waren die Dorfbewohner sehr erschrocken und beschmierten das nächste Haus mit einer Mischung von Renntierfett und Beeren. Als die Renntiere dieses Haus zerstören wollten, bekamen sie die Mäuler voll Fett und sauere Beeren, worauf sie herumlaufen und die Köpfe so schütteln mußten, daß ihnen alle Zähne ausfielen. Später wuchsen ihnen nur kleine Zähne, wie sie die Renntiere heute haben, nach und diese Tiere sind seither harmlos.

Nachdem die Renntiere weggelaufen waren, gingen der Mensch und der Rabe zurück in den Himmel und der Mensch sagte: »Wenn nicht etwas geschieht, was die Leute hindert, so viel Tiere umzubringen, werden sie es so lange treiben, bis sie alle Wesen, die du geschaffen hast, umgebracht haben. Es wäre besser, ihnen die Sonne wegzunehmen, sodaß sie im Dunkeln leben und sterben.«

Darauf antwortete der Rabe: »Bleib du hier, ich werde gehen und die Sonne wegnehmen.« Er ging dann fort, nahm die Sonne, steckte sie in seinen Fellsack und trug sie weit weg, in jene Gegenden des Himmelslandes, wo seine Eltern lebten, und es wurde sehr finster auf Erden. In dem Dorf seines Vaters nahm er sich dann aus den Jungfern eine Frau und lebte dort; die Sonne hielt er sorgfältig in dem Sack versteckt.

Die Erdbewohner hatten große Angst, seit ihnen die Sonne genommen war und suchten sie zurückzubekommen, indem sie dem Raben reichliche Spenden an Speise und Wild anboten; das war aber ohne Erfolg. Nach langen Versuchen versöhnten sie den Raben so weit, daß er ihnen für kurze Zeit Licht gewährte. Er holte die Sonne heraus und hielt sie zwei Tage lang in einer Hand, sodaß die Leute jagen und sich Nahrung verschaffen konnten. Dann nahm er sie wieder weg und es war wieder ganz dunkel. Nun verstrich eine lange Zeit und es bedurfte vieler Opfer, bevor er den Menschen wieder Licht gewährte. Das wiederholte sich so einige Zeit.

In dem Dorf lebte ein älterer Bruder des Raben, der Mitleid mit den Erdenkindern zu fühlen begann und der dachte nach, wie er die Sonne bekommen und auf ihren alten Platz zurückbringen könnte. Nachdem er lange nachgedacht hatte, stellte er sich tot und wurde in eine Grabkiste gelegt, wie es der Brauch war. Sobald die Trauernden sein Grab verlassen hatten, erhob er sich und ging in die Nähe des Dorfes. Hier nahm er seine Rabenmaske vor und versteckte sich in einem Baum bei der Quelle, wo die Dorfbewohner ihr Wasser holten, und wartete. Bald kam seines Bruders Frau, um Wasser zu holen und füllte einen Eimer an; dann nahm sie einen Schöpflöffel voll Wasser und wollte trinken. Mit Hilfe seiner Zauberkraft verwandelte sich nun der Bruder-Rabe in ein kleines Blatt, fiel in den Löffel und wurde mit dem Wasser verschluckt. Die Frau hustete etwas und eilte dann nachhause, wo sie ihrem Gatten erzählte, sie habe, als sie aus der Quelle trank, irgend einen Fremdkörper verschluckt. Er legte dem aber keine Bedeutung bei und sagte, es werde ein Blatt gewesen sein.

Bald darauf wurde die Frau schwanger und gebar in ein paar Tagen einen Knaben, der sehr aufgeweckt war und gleich herumkroch; einige Tage darauf konnte er schon laufen. Er schrie immer nach der Sonne, und da sein Vater ganz in ihn vernarrt war, gab er sie dem Kind oft als Spielzeug, achtete aber immer streng darauf, sie wieder zurückzunehmen. Als der Sohn dann schon vor dem Haus zu spielen begann, schrie und bettelte er mehr denn je um die Sonne. Lange Zeit schlug ihm der Vater seine Bitte ab, dann aber erlaubte er ihm doch, die Sonne zu nehmen, und der Knabe spielte damit im Haus. Als einen Augenblick niemand zusah, warf er sie hinaus, lief rasch zum Baum, legte Rabenmaske und Gewand an und flog weit fort. Er war vom Himmel schon weit weg, da hörte er seinen Vater hinter sich schreien: »Versteck die Sonne nicht! Gib sie aus dem Sack, damit wieder etwas Licht ist; laß es nicht immer dunkel sein!« Er glaubte nämlich, sein Sohn habe sie gestohlen, um sie für sich zu behalten.

Der Rabe ging ins Haus und der Rabenknabe flog dorthin, wo die Sonne lag. Dort schnitt er die Fellhülle herunter und brachte die Sonne an ihren alten Platz. Von da führte ein breiter Pfad weg und er folgte ihm. Er gelangte an eine Öffnung, die von kurzem, glimmendem Gras umgeben war und er pflückte etwas davon. Dann erinnerte er sich der Mahnung seines Vaters, es nicht immer dunkel sein zu lassen, sondern einmal hell und dann wieder dunkel. Dessen eingedenk verursachte er nun, daß sich der Himmel um die Erde drehe, Sonne und Sterne mit sich bewege und so Tag und Nacht einander folgen.

Als er da, gerade vor Sonnenaufgang, ganz nah am Erdrand stand, steckte er ein Büschel des glimmenden Grases, das er in der Hand hatte, in den Himmel und seither ist es dort geblieben und erscheint als glänzender Morgenstern. Er ging dann weiter auf die Erde und kam schließlich zu dem Dorf, wo die erstgeschaffenen Menschen lebten. Dort bewillkommten ihn die Leute und er erzählte ihnen, daß der Rabe auf sie bös geworden sei und die Sonne weggenommen, daß er sie aber wieder zurückgebracht habe, und daß sie nie mehr verschwinden werde.

Unter den Leuten, die ihn empfingen, war auch der Häuptling der Himmelszwerge, der mit einigen der Seinen herabgekommen war, um auf Erden zu leben. Ihn befragten die Leute, was aus dem ersten Menschen geworden sei, der mit dem Raben in den Himmel hinaufgegangen war. Damals hörte der Rabenknabe zum erstenmal von jenem Menschen und er wollte in den Himmel hinauffliegen, um ihn zu sehen; dabei bemerkte er aber, daß er sich nur wenig über die Erdoberfläche erheben konnte. Als er gewahr wurde, daß er nie mehr in den Himmel zurückgelangen könnte, wanderte er fort, bis er an ein Dorf kam, wo die Nachkommen jener Männer lebten, die zuletzt aus der Erbsenschote geboren worden waren. Da nahm er ein Weib und lebte lange Zeit; er hatte viele Kinder, die alle Raben-Menschen waren, wie er selbst, und über die Erde fliegen konnten. Aber sie verloren immer mehr ihre Zauberkräfte, bis sie ganz gewöhnliche Raben wurden, genau wie jene Vögel, die wir noch heute in der Tundra sehen.

4. Der Ursprung von Land und Menschen

Ursprünglich war Wasser über der ganzen Erde und es war sehr kalt. Das Wasser war vom Eis bedeckt und es gab keine Menschen. Dann zog sich das Eis zusammen und bildete lange Risse und Buckeln. Zu dieser Zeit kam ein Mann von der anderen Seite des großen Wassers, blieb bei den Eishügeln, nahe dem Ort, wo jetzt Pikmiktalik liegt und nahm eine Wölfin zum Weib. Nach und nach bekam er viele Kinder, die immer paarweise geboren wurden – ein Bub und ein Mädchen. Jedes dieser Paare sprach seine eigene Sprache, die verschieden von der seiner Eltern und auch verschieden von jeder jener Sprachen war, die seine Brüder und Schwestern sprachen. Sobald sie groß genug waren, wurde jedes Paar in anderer Richtung ausgeschickt, und so verstreute sich die Familie weit und nah von den Hügeln, die jetzt schneebedeckte Berge waren. Als der Schnee schmolz, floß er die Hänge herunter, Rinnen und Flußbette ausschürfend, und so entstand das Land mit seinen Strömen.

Die Zwillinge bevölkerten die Erde mit ihren Kindern, und da jedes Paar mit seinen Kindern eine von den anderen verschiedene Sprache sprach, wurden die verschiedenen Sprachen über die Erde verteilt und blieben so bis zum heutigen Tag.

5. Ursprung der Lebewesen

Vor langer Zeit, als das Wasser noch die Erde bedeckte, lebten die Menschen von der Nahrung, die sie in Überfluß fanden. Nichts wußten sie zu jener Zeit von Tieren am Land oder im Wasser. Schließlich ging aber das Wasser zurück und aus den Seegräsern wurden Bäume, Büsche, Sträucher und Gras. Die langen Seegräser wurden Bäume, die kleineren Arten Buschwerk und Gras. Das Gras wurde auf allerlei Art durch das Walroß an die verschiedenen Orte gebracht und erst später kamen die Bäume zum Vorschein.

Eine Frau, die ihren Mann verloren hatte, lebte bei Fremden. Als diese ihren Wohnort verlegen wollten, entschlossen sie sich, nach einer Landspitze in einiger Entfernung zu reisen. Die Frau, die von ihrer Mildtätigkeit abhängig war, wurde ihnen zur Last und sie wollten sie los werden. Sie schafften nun alle ihre Habe ins Familienboot und als sie unterwegs waren, ergriffen sie die Frau und warfen sie über Bord. Die strengte sich nun an, wieder ins Boot zu kommen und wie sie es ergriff, schnitten die anderen ihr die Finger ab. Die fielen ins Wasser und verwandelten sich in Seehunde, Walrosse, Walfische und Eisbären. Die Frau verschrie in ihrer Verzweiflung deren Los, um sich für die an ihr begangene Grausamkeit zu rächen. Der Daumen wurde ein Walroß, der Zeigefinger ein Seehund und der Mittelfinger ein Eisbär. Wenn die ersten zwei dieser Tiere einen Mann sehen, so suchen sie zu entfliehen, damit ihnen nicht geschehe wie der Frau.

Der Eisbär lebt sowohl an Land, wie im Wasser, aber wenn er einen Mann bemerkt, fällt ihn die Rachsucht an und er sucht ihn umzubringen, denn er glaubt, daß jener die Frau, aus deren Finger er entstanden, verstümmelt hat.

6. Sonne, Mond und Sterne

Als die Erde noch in Dunkel gehüllt war, wurde ein Mädchen allnächtlich von jemandem, den sie nicht erkennen konnte, besucht. Sie bemühte sich festzustellen, wer das gewesen sein könnte; dazu mischte sie Ruß und Tran und bemalte damit ihre Brust. Darauf entdeckte sie zu ihrem Schreck, daß ihr Bruder einen Rußkreis um seinen Mund hatte. Sie machte ihm Vorwürfe, er leugnete aber alles ab. Vater und Mutter wurden aber sehr zornig und schimpften so heftig, daß der Bruder in den Himmel rannte, um der Schwester zu entkommen; die aber lief ihm nach. Der Bruder wurde in den Mond verwandelt, das Mädchen aber, das sonst das Feuer bohrte, wurde die Sonne. Die Funken, die vom Feuer stoben, wurden die Sterne. Die Sonne verfolgt immer den Mond, der sich im Dunkeln hält, um nicht entdeckt zu werden. Bei einer gegenseitigen Verfinsterung haben sie sich scheinbar getroffen.

7. Sonne und Mond

In einem Dorf lebte eine Frau ganz allein in einer Hütte. Eines Abends, als die Leute im Tanzhaus versammelt waren, ging ein Mann zu der Frau und löschte ihre Lampen aus. Nachher kam er jede Nacht, zur Zeit als die Leute im Tanzhaus waren. Die Frau wollte erfahren, wer er sei. Sie fragte ihn oft, aber er nannte seinen Namen nicht, noch gab er einen Laut von sich. Da sie ihn nicht zum Sprechen bringen konnte, nahm sie zu einer List ihre Zuflucht. Eines Tages, nachdem er gekommen war, rieb sie ihre Finger auf dem Boden einer ihrer Töpfe und dann über die linke Seite seines Gesichts. Nach einer Weile verließ er sie. Sie folgte ihm gleich und als sie aus dem Hause kam, hörte sie ein großes Gelächter im Tanzhaus. Sie ging hinein und sah dort, daß die Leute über ihren eigenen Bruder lachten, der die Spuren ihrer Finger in seiner linken Gesichtshälfte trug. Da nahm sie ein Messer, schnitt ihre linke Brust ab und bot sie ihm an mit den Worten: »Iß das!«. Sie hob ein Stück Holz auf, wie man es braucht, um Lampen zu putzen und zündete es an. Er nahm auch einen Kienspan in seine Linke und folgte ihr. Sie ging aus dem Haus, und lief, von ihrem Bruder verfolgt, darum herum. Schließlich fiel letzterer. Die Flamme seines Spans ging aus, während ihrer hell weiter brannte. Sie wurde in den Himmel erhoben und in die Sonne verwandelt. Er wurde der Mond.

8. Der Mond, die Sonne und der Böse

In einem Küstenort lebte einst ein Mann mit seiner Frau. Sie hatten zwei Kinder, einen Knaben und ein Mädchen. Als diese Kinder so groß waren, daß der Knabe schon die Strandblöcke umwälzen konnte, verliebte er sich in seine Schwester. Die Schwester schwamm schließlich, um den Knaben, der sie immer belästigte, los zu werden, weg bis in den Himmel und wurde der Mond. Der Knabe, der sie immer verfolgte, wurde die Sonne und manchmal umarmt und verdeckt er sie und verursacht so eine Mondfinsternis.

Nachdem seine Kinder nun weg waren, wurde der Vater sehr traurig und haßte sein Geschlecht; er ging herum, Krankheit und Tod unter den Menschen verbreitend. Die Opfer der Krankheiten wurden seine Nahrung und davon wurde er so böse, daß er, wenn sein Verlangen auf diese Weise nicht mehr gestillt wurde, auch Leute tötete und verzehrte, die ganz gesund waren.

Aus Furcht vor ihm trugen die Menschen ihre Toten vor das Dorf hinaus, damit er sich ernähren möge, ohne die Lebenden zu belästigen. Sooft einer dorthin kam, waren die Leichen über Nacht verschwunden. Schließlich wurde er so gräßlich, daß die mächtigsten Zauberer zusammenkamen, ihn mit Hilfe ihrer Zauberkräfte fesselten, ihm Hände und Füße zusammenbanden, so daß er keinen weiteren Unfug stiften konnte. Und obwohl er gefesselt war und sich nicht bewegen konnte, hatte er doch noch immer die Kraft Krankheit zu verbreiten und die Menschen unglücklich zu machen.

Um böse Geister am Wandern zu hindern und daran, aus böser Absicht sich toter Körper zu bemächtigen und sie so scheinbar zu beseelen und eingedenk der Fesselung dieses einen Bösen, werden seither die Toten nicht mehr ausgestreckt, sondern mit Hand und Fuß, in der gleichen Stellung wie der Böse, gefesselt und so in die Grabkästen gelegt.

9. Das Sternbild Udlegdjun

Drei Männer gingen mit einem Schlitten auf die Bärenjagd und nahmen einen kleinen Jungen mit. Als sie an den Rand der See kamen, sahen sie einen Bären und wandten sich zur Verfolgung. Obwohl die Hunde sehr schnell liefen, konnten sie ihm doch nicht näher kommen und plötzlich bemerkten sie, daß der Bär sich in die Luft hob und ihr Schlitten ihm folgte. In diesem Augenblick verlor der Knabe einen seiner Fäustlinge, und wie er ihn aufheben wollte, fiel er vom Schlitten. Da sah er die Männer höher und immer höher steigen, und schließlich wurden sie in Sterne verwandelt. Der Bär wurde der Stern Nanugdjung (Beteigeuze), die Verfolger die Sterne Udlegdjun (der Gürtel des Orion) und der Schlitten die Sterne Kamutigdjung (das Schwert des Orion). Bis zum heutigen Tag verfolgen die Männer noch den Bären. Der Knabe ist jedenfalls ins Dorf zurückgekehrt und hat erzählt, wie die Männer verloren gegangen sind.

10. Herkunft der Inuit

Ein Mann wurde geschaffen aus nichts. Im Sommer wanderte er, bis er in einem anderen Land ein Weib fand. Die beiden wurden Mann und Frau, und von ihnen stammt all das Volk, das hier wohnt, ab.

11. Die Abstammung der Indianer und Europäer

Savirgong, ein alter Mann, lebte allein mit seiner Tochter. Sie hieß Niviarsiang (das Mädchen), aber weil sie keinen Mann nehmen wollte, wurde sie auch Uinigumisuitung (die keinen Mann nehmen will) genannt. Alle ihre Liebhaber wies sie ab, aber zuletzt gewann doch ein weiß und rot gefleckter Hund, der Jjirgang gerufen wurde, ihre Neigung und sie nahm ihn zum Gemahl. Sie hatten zehn Kinder; fünf davon waren Adlets (Indianer) und fünf waren Hunde. Der untere Teil des Körpers der Adlets war der eines Hundes und mit Ausnahme der Sohlen ganz behaart; der Oberkörper glich aber dem eines Mannes. Als die Kinder heranwuchsen, wurden sie sehr gefräßig, und da der Hund Jjirgang überhaupt nicht ausging zu jagen, sondern seinen Schwiegervater für die ganze Familie sorgen ließ, wurde es für Savirgong schwierig alle zu füttern. Überdies waren die Kinder sehr unruhig und lärmend, so daß der Großvater ihrer schließlich überdrüssig wurde und die ganze Familie in ein Boot steckte und auf eine Insel führte. Dem Hund Jjirgang trug er auf, jeden Tag die Nahrung holen zu kommen.

Niviarsiang hing ihm ein Paar Stiefel über den Nacken, und er schwamm dann über den schmalen Kanal. Aber Savirgong füllte, statt ihm Essen zu geben, die Stiefel mit schweren Steinen, die Jjirgang ertränkten, als er versuchte zurückzukehren.

Die Tochter sann auf Rache für den Tod ihres Mannes. Sie schickte die jungen Hunde zur Hütte ihres Vaters und hieß sie seine Füße und Hände annagen. Dafür warf wieder Savirgong Niviarsiang, als sie einmal zufällig in seinem Boot war, über Bord und schnitt ihr, als sie sich an den Planken hielt, die Finger ab; wie die ins Wasser fielen, wurden sie in Seehunde und Wale verwandelt. Schließlich erlaubte er ihr aber doch ins Boot zu steigen.

Da sie befürchtete, ihr Vater werde ihre Kinder töten, oder verstümmeln, schickte sie die Adlet ins Binnenland, wo sie dann die Vorfahren eines zahlreichen Volkes wurden. Für die jungen Hunde machte sie ein Boot, steckte zwei Stangen als Maste in die Sohlen ihrer Schuhe und schickte sie über den Ozean. Sie sang dazu: »Angnaija, wenn ihr drüben über dem Ozean ankommt, werdet ihr viele Dinge machen, die euch Freude bereiten, Angnaija!« Sie erreichten das Land jenseits der See und wurden die Ahnen der Europäer.

12. Sednamythe

Auf einer Insel lebte einst ein Eskimo mit seiner Tochter Sedna. Seine Frau war schon vor geraumer Zeit gestorben und die beiden führten ein beschauliches Leben. Sedna wuchs zu einem hübschen Mädchen heran und von überall her kamen Freier, die um ihre Hand anhielten, keiner aber konnte ihr stolzes Herz rühren. Als dann im Frühling das Eis aufbrach, kam ein Eissturmvogel übers Eis geflogen und freite um Sedna, indem er sang: »Komm zu mir! Komm ins Land der Vögel, wo nie Hungersnot herrscht, wo mein Zelt aus den allerschönsten Fellen errichtet ist. Auf weichen Bärenfellen wirst du ruhen, was dein Herz nur begehren mag, werden meine Gefährten, die Eissturmvögel, herbeibringen; ihre Väter werden dich kleiden, deine Lampe wird immer mit Fett gefüllt sein, deine Schüsseln immer mit Speisen!« Solchem Werben konnte Sedna nicht lange widerstehen und sie zogen zusammen über das weite Meer.

Als sie schließlich nach langer, beschwerlicher Reise ins Land der Eissturmvögel kamen, entdeckte Sedna bald, daß ihre Hoffnungen schmerzlich getäuscht worden. Ihr neues Heim war nicht aus schönen Fellen, sondern mit erbärmlichen Fischhäuten, voll von Löchern, die Wind und Schnee freien Eintritt ließen, gedeckt. Statt aus weichen Fellen, bestand ihr Lager aus harter Walroßhaut, und sie mußte von schlechten Fischen, die ihr die Vögel brachten, leben. Zu bald nur erkannte sie, daß sie mit ihren Eskimofreiern ihr Glück abgewiesen hatte. In ihrem Kummer sang sie: »Aja! O Vater, wenn du wüßtest, wie unglücklich ich bin, würdest du in deinem Boot übers Wasser herbeieilen. Unfreundlich sehen die Vögel auf mich, die Fremde, herab; kalte Winde rütteln an meinem Bett; nur schlechte Nahrung gibt man mir. O komm und nimm mich in die Heimat zurück, Aja!«

Nachdem ein Jahr verstrichen war und die warmen Winde wieder das Meer bewegten, verließ der Vater seine Heimat, um Sedna zu besuchen. Voll Freude begrüßte ihn seine Tochter und beschwor ihn, sie doch wieder nach Hause zu nehmen. Als der Vater von der Schmach, die seiner Tochter angetan worden war, hörte, sann er auf Rache. Er tötete den Eissturmvogel, nahm Sedna in sein Boot und sie verließen rasch das Land, das Sedna so viel schmerzliche Enttäuschung gebracht hatte. Als die anderen Eissturmvögel zurückkamen und ihren Genossen tot fanden und sahen, daß sein Weib entflohen war, flogen sie alle auf, um die Flüchtige zu suchen. Aus Trauer über den Tod ihres armen ermordeten Kameraden, klagten und schrien sie den ganzen Tag.

Nachdem sie eine kurze Strecke geflogen waren, entdeckten sie das Boot und beschworen einen schweren Sturm herauf. Die See erhob sich zu gewaltigen Wogen und Untergang drohte den beiden. In dieser Todesgefahr beschloß der Vater Sedna den Vögeln zu opfern und warf sie über Bord. Mit schwachem Griff klammerte sie sich an den Bootsrand an. Da nahm der grausame Vater ein Messer und schnitt ihr die Fingerspitzen ab; als die ins Meer fielen, verwandelten sie sich in Wale, und die Fingernägel wurden die Knochen der Wale. Da hielt sich Sedna noch fester am Boot an und auch die zweiten Fingerglieder fielen unter dem scharfen Messer und schwammen als Seehunde weg, und als der Vater die letzten Fingerstümpfe abschnitt, wurden Robben daraus. Inzwischen hatte sich der Sturm gelegt, denn die Eissturmvögel glaubten, Sedna wäre ertrunken. Jetzt erlaubte der Vater ihr wieder ins Boot zu kommen. Von dieser Zeit an hegte sie einen tödlichen Haß gegen ihn und schwor bittere Rache.

Nachdem sie gelandet, rief sie ihre Hunde und ließ sie des Vaters Füße und Hände, als er schlief, abfressen. Da verfolgte er sie selbst und ihre Hunde, die ihn verstümmelt hatten, worauf sich die Erde auftat und die Hütte, den Vater, die Tochter und die Hunde verschlang. Seither lebt Sedna im Lande Adlivun als dessen Beherrscherin.

13. Das Land des Todes

In einem Dorf am unteren Yukon lebte eine junge Frau; sie wurde krank und starb. Als der Tod über sie kam, verlor sie für einige Zeit das Bewußtsein. Dann schüttelte sie jemand, daß sie erwachte und sprach zu ihr: »Steh auf, schlafe nicht; du bist tot!« Sie schlug die Augen auf, bemerkte, daß sie in einem Grabkasten lag und der Schatten ihres verstorbenen Großvaters neben ihr stand. Er streckte die Hand aus, um ihr zu helfen, sich aus dem Grab zu erheben und gebot ihr, sich umzusehen. Sie tat so und sah viel Leute, die sie alle erkannte, sich im Dorf herumtreiben. Dann drehte sie der alte Mann herum, mit dem Rücken gegen das Dorf und sie sah, daß die ihr so wohlbekannte Gegend verschwunden war; an ihrer Stelle lag ein unbekanntes Dorf da, das sich so weit, als ihr Blick nur reichte, erstreckte. Sie gingen in dieses Dorf und der alte Mann hieß sie in eines der Häuser eintreten. Als sie eintrat, hob eine alte Frau, die da saß, ein Holzscheit, um sie zu schlagen und fragte ärgerlich: »Was willst du hier?« Schreiend lief sie hinaus und erzählte dem alten Mann von der Frau. Er erzählte: »Dies hier ist das Dorf der Hundeschatten und du hast nun gesehen, wie es den lebenden Hunden zumute ist, wenn sie von den Leuten geprügelt werden.«

Sie gingen von da weiter und kamen an ein anderes Dorf, in dem ein großes Haus stand. Ganz in der Nähe dieses Dorfes sahen sie einen Mann am Boden liegen; aus allen seinen Gelenken wuchs Gras hervor und er konnte sich zwar bewegen, aber nicht aufstehen. Der Großvater erzählte, dieser Mann sei so bestraft worden, weil er Gras ausgerissen und Grasstengel gekaut hatte, als er noch auf Erden war. Nachdem sie einige Zeitlang diesen Schatten neugierig betrachtet hatte, wandte sie sich, um etwas zu sagen, nach ihrem Großvater. Er war aber verschwunden. Vor ihr lag ein Weg, der zu einem weiter entfernten Dorf führte. Sie folgte ihm und kam bald an einen reißenden Fluß, der ihren Weg versperrte. Dieser Fluß waren die Tränen der Leute, welche auf Erden die Toten beweinen. Als das Mädchen sah, daß sie nicht hinüber konnte, setzte sie sich ans Ufer und begann zu weinen. Wie sie ihre Augen trocknete, sah sie eine Menge Kehricht und Abfall, wie er aus den Häusern geworfen wird, den Fluß herabschwimmen und sich gerade vor ihr zusammenstauen. Wie auf einer Brücke überschritt sie darauf den Fluß. Kaum war sie am anderen Ufer, da verschwand das Zeug und sie ging ihren Weg weiter. Bevor sie noch das Dorf erreichte, hatten die Schatten sie bemerkt und riefen: »Es ist jemand angekommen.« Als sie hin kam, umdrängten sie die Schatten und fragten: »Wer ist sie? Von wo kommt sie?« Sie besahen ihre Kleider und fanden die Totemzeichen, die ihre Stammeszugehörigkeit anzeigten; in alten Zeiten hatten nämlich die Leute ihre Totemzeichen an ihren Kleidern und anderen Gegenständen, so daß man daran die Mitglieder eines jeden Dorfes und jeder Familie erkennen konnte.

Da rief jemand: »Wo ist sie, wo ist sie denn?« und sie sah den Schatten ihres Großvaters auf sich zukommen. Er nahm sie bei der Hand und führte sie in der Nähe in ein Haus. An der Rückwand saß eine alte Frau, die etwas murmelte und dann sagte: »Komm und setze dich zu mir!« Es war ihre Großmutter und sie fragte das Mädchen, ob es nicht etwas trinken wolle und fing gleichzeitig an zu weinen. Das Mädchen wurde ganz traurig, sah sich um und bemerkte einige ganz merkwürdige Wassereimer, von denen nur ein einziger, der fast leer war, so wie die in ihrem Dorf aussah.

Die Großmutter riet ihr, nur aus diesem zu trinken, denn darin sei ihr gewohntes Yukonwasser, während die anderen alle mit dem Wasser des Totendorfes gefüllt seien. Als sie dann hungrig wurde, gab ihr die Großmutter ein Stück Renntierfleisch, das ihr Sohn, der Vater des Mädchens, ihr einst bei einem Totenfest zugleich mit dem Wassereimer, aus dem sie eben getrunken habe, gegeben.

Die Großmutter erzählte dem Mädchen noch, daß ihr Großvater ihr Führer geworden sei, weil sie im Sterben an ihn gedacht hatte. Wenn ein Sterbender nämlich an seine verstorbenen Verwandten denkt, vernimmt man das im Schattenreich und derjenige, dessen der Sterbende gedenkt, beeilt sich, dem neuen Schatten den Weg zu weisen.

Als für das Heimatdorf des toten Mädchens die Zeit des Totenfestes kam, wurden, wie gewöhnlich, zwei Boten ausgesandt, um die Bewohner der Nachbardörfer einzuladen. Nach einem der Dörfer gingen die Boten lange Zeit, und bevor sie es noch erreichten, überraschte sie die Dunkelheit; endlich hörten sie aber vom Festhaus her Tanzlärm und Trommelschlag. Sie traten ein und überbrachten den Leuten ihre Einladung zum Totenfest.

Hier saßen die Schatten des Großvaters und der Großmutter und zwischen ihnen der des Mädchens unsichtbar bei den Leuten und als am nächsten Tag die Boten in ihr Heimatdorf zurückkehrten, folgten ihnen, immer unsichtbar, die Schatten. Als da das Fest schon fast zu Ende war, wurde der Mutter des toten Mädchens Wasser gereicht und sie trank davon. Dann gingen die Schatten aus dem Festhaus, um zu warten, bis bei der Zeremonie, bei welcher die Namensvetter der Toten ihre Kleider annehmen, ihre Namen aufgerufen würden.

Wie die Schatten dazu also aus dem Haus gingen, gab der alte Mann dem Mädchen im Eingang einen Stoß, sodaß sie umfiel und ihr Bewußtsein verlor. Als sie wieder erwachte, sah sie sich um und fand sich allein. Sie erhob sich, stellte sich im Eingang unter die Lampe und wartete auf die anderen beiden Schatten, um sich ihnen anzuschließen. Sie wartete da, bis alle Lebenden in den schönen neuen Kleidern herauskamen, aber von ihren Schattengefährten sah sie keinen.

Bald darauf kam ein alter Mann mit einem Stock hereingehumpelt, und als er aufsah, bemerkte er den Schatten, dessen Füße mehr als eine Spanne hoch über dem Boden schwebten. Er fragte, ob das eine Lebende oder ein Schatten sei, bekam aber keine Antwort und ging rasch ins Haus hinein. Hier sagte er den Männern, sie sollten rasch hinauslaufen und das fremde Wesen im Eingang, dessen Füße den Boden nicht berühren, und das nicht aus dem Dorf sei, ansehen. Alle liefen hinaus und als sie sie sahen, stellten einige ihre Lampen nieder und in ihrem Schein wurde sie erkannt und lief nun ins Haus ihrer Eltern.

Wie man sie da eintreten sah, glich sie in Gestalt und Farbe völlig einer Lebenden, aber sowie sie sich niedersetzte, erblaßte ihre Farbe und sie schwand dahin, bis sie nichts war als Haut und Knochen und zu schwach war, um sprechen zu können.

Frühmorgens des nächsten Tages starb ihre Namensvetterin, eine Frau aus demselben Dorf und ihr Schatten ging anstelle des Mädchens, welches wieder zu Kräften kam und noch viele Jahre lebte, ins Land des Todes.

14. Die Entstehung der Winde

In einem Dorf am unteren Yukon lebte ein Mann mit seiner Frau; sie hatten aber keine Kinder. Nach langer Zeit sprach eines Tages die Frau zu ihrem Mann: »Ich kann nicht verstehen, wieso wir keine Kinder haben. Kannst du es?« Darauf antwortete der Mann, er könne es nicht verstehen. Sie bat dann ihren Mann in die Tundra zu gehen und ein Stück vom Stamm eines einsamen Baumes, der dort stehe, zu bringen und daraus eine Puppe zu machen. Der Mann ging aus dem Haus und sah einen langen Lichtstreifen, wie Mondschein am Schnee, über die Tundra in der Richtung, die er einschlagen mußte, scheinen. Diesem Lichtschein folgend wanderte er lange, bis er vor sich in hellem Licht einen glänzenden Gegenstand sah. Als er auf ihn zuging, bemerkte er, daß es der Baum war, nach dem er ausgegangen war. Da der Baum dünn war, nahm er sein Jagdmesser, schnitt ein Stück seines Stammes ab und brachte es nach Hause.

Nachhause gekommen, setzte er sich nieder und schnitzte aus dem Holz einen kleinen Knaben; seine Frau machte für ihn Pelzkleider und kleidete damit die Puppe an. Auf Geheiß seiner Frau schnitzte der Mann dann noch eine Anzahl ganz kleiner Schüsseln aus dem Holz, sagte aber, er könne in all dem keinen Nutzen sehen, denn es werde sie nicht glücklicher machen, als sie es früher gewesen. Darauf erwiderte die Frau, daß die Puppe sie zerstreuen und ihnen Gesprächsstoff geben werde, wenn sie einmal von nichts anderem, als sich selbst, zu reden wüßten. Dann setzte sie die Puppe auf den Ehrenplatz, gegenüber dem Eingang und stellte die Spielzeugschüsseln voll Essen davor.

Als das Paar diese Nacht zu Bett gegangen und es im Raum ganz finster war, hörten sie verschiedene leise pfeifende Laute. Die Frau rüttelte ihren Mann auf und sagte: »Hörst du das? Das war die Puppe!« und er stimmte dem bei. Sie standen sofort auf, machten Licht und sahen, daß die Puppe die Speisen gegessen und das Wasser getrunken hatte und konnten noch bemerken, daß sie die Augen bewegte. Die Frau nahm sie zärtlich auf, liebkoste sie und spielte lange Zeit mit ihr. Als sie dessen überdrüssig wurde, setzte sie sie wieder zurück auf die Bank und sie gingen wieder zu Bett.

Wie das Paar am Morgen erwachte, bemerkten sie, daß die Puppe weg war. Sie suchten sie im ganzen Haus, konnten aber keine Spur von ihr finden, und als sie hinausgingen, sahen sie Spuren, die von der Tür wegführten. Von der Tür gingen diese Spuren den Strand einer kleinen Bucht entlang, bis etwas außerhalb des Dorfes, wo sie aufhörten, da die Puppe von dieser Stelle aus dem Lichtschein entlang gegangen war, dem der Mann gefolgt war, um den Baum zu finden.

Der Mann und die Frau verfolgten die Puppe nicht weiter, sondern gingen nach Hause. Die Puppe war den glänzenden Pfad entlanggegangen, bis dorthin, wo der Himmel zur Erde herabreicht und das Licht einschließt. Hart an der Stelle, wo sie war – im Osten – sah sie eine Öffnung in der Himmelswand, dicht verschlossen mit einer Haut, die, augenscheinlich infolge irgend einer starken Kraft, von der anderen Seite her, hervorgewölbt war. Die Puppe blieb stehen und sagte: »Es ist hier sehr ruhig. Ich glaube, ein kleiner Wind wird gut sein.« Darauf zog sie ein Messer und schnitt den Verschluß der Öffnung auf und ein starker Wind blies durch, allerlei mit sich führend, unter anderem auch ein lebendes Renntier. Als die Puppe durch das Loch sah, erblickte sie dahinter eine andere Welt, genau so wie die Erde. Sie zog dann den Deckel wieder über die Öffnung und bat den Wind, nicht zu stark zu blasen und sagte ihm: »Manchmal blase stark, manchmal schwach und manchmal gar nicht.«

Dann wanderte sie den Himmelsrand entlang, bis sie im Südosten zu einer anderen Öffnung kam, die auch verschlossen war und deren Deckel ausgebaucht war, wie bei der ersten. Als sie diesen Verschluß löste, strich ein starker Wind herein, der Renntiere und Sträucher und Bäume hereinwirbelte. Sie schloß dann die Öffnung wieder und bat den Wind so zu tun, wie sie dem ersten gesagt, und ging weiter. Bald kam sie zu einer Öffnung im Süden. Als da der Verschluß geöffnet war, strich ein warmer Wind herein, der Regen und Spritzwasser vom Meer, das auf dieser Seite hinter dem Himmel liegt, hereinführte.

Die Puppe schloß diese Öffnung und trug ihr auf wie früher und ging weiter nach Westen. Dort war wieder eine Öffnung, durch die, sobald sie geöffnet war, der Wind einen starken Regensturm und Gischt vom Meer hereinpeitschte. Auch diese Öffnung wurde mit den gleichen Anweisungen geschlossen und die Puppe ging weiter nach Nordwesten, wo sie eine andere Öffnung fand. Als der Verschluß von dieser aufgeschnitten war, kam ein kalter Windstoß, der Schnee und Eis mit sich führte, herein, so daß die Puppe bis aufs Bein erstarrt und halberfroren sich beeilte, auch diese Öffnung, wie die anderen, zu schließen.

Weiter ging sie am Himmelsrand entlang nach Norden. Die Kälte wurde so arg, daß sie ihn verlassen und einen Umweg machen mußte, um erst wieder dort, wo sie die Öffnung sah, zu ihm zurückzugehen. Dort war die Kälte so streng, daß sie einige Zeit zögerte, aber schließlich doch auch diesen Verschluß aufschnitt. Sofort blies ein fürchterlicher, große Schnee- und Eismassen mit sich führender Sturm herein und wehte diese über die Erdoberfläche hin. Die Puppe schloß sehr bald die Öffnung, und nachdem sie den Wind wie früher ermahnt hatte, wanderte sie weiter bis zum Mittelpunkt der Erdoberfläche.

Dort angekommen, sah sie auf und der Himmel wölbte sich oben, gestützt von langen, schlanken Stützen, die, wie die eines kegelförmigen Zeltes angeordnet, aber aus einem unbekannten schönen Material gemacht waren. Die Puppe wandte sich dann wieder von hier weg und wanderte weit, bis sie das Dorf erreichte, von dem sie ausgegangen. Dort ging sie zuerst um den ganzen Ort herum und dann in ein Haus nach dem anderen, zuletzt in ihr eigenes. Das tat sie, damit die Leute ihre Freunde werden sollten, und für den Fall, daß ihre Eltern stürben, für sie sorgten.

Dann lebte die Puppe lange Zeit in dem Ort. Nachdem ihre Pflegeeltern gestorben waren, wurde sie von anderen Leuten aufgenommen und lebte so durch viele Generationen, bis sie schließlich selbst starb. Von ihr lernten die Leute den Gebrauch von Kleidermasken, und seit ihrem Tod haben die Eltern die Gewohnheit, ihren Kindern Puppen zu machen, nach dem Vorbild der Leute, die diese, von der ich erzählt habe, angefertigt hatten.

15. Von Einem, der nichts finden konnte

Es war einmal ein kleiner häßlicher junger Mann, der niemals das finden konnte, was er ausfindig machen wollte. Sooft er mit einem Schlitten nach Holz ging, kam er ohne solches zurück, denn es gelang ihm nie, etwas zu finden, nicht das kleinste Stückchen. Dann ging er in sein Haus und setzte sich auf seinen Platz beim Eingang, und wenn er da saß, blieb er lange Zeit ruhig. Sein Nebenmann gab ihm manchmal Wasser zu trinken und dann wurde er wieder ganz still.

Wenn man ihn drängte auszufahren, setzte er sein Boot aus und fuhr fort, kam aber sehr bald wieder zurück und saß dann wie früher da. Als er einmal durstig war, ging er hinaus, um Wasser zu holen, aber wie er zu dem Platz kam, konnte er das Wasser nicht finden, es schien einfach verschwunden. Dann ging er, ohne getrunken zu haben, zurück ins Haus und setzte sich auf seinen Platz und sein Nachbar gab ihm Wasser.

Eines Nachts konnte er vor Durst nicht schlafen und ging hinaus, um das Haus seines Bruders zu suchen. Nach langem Suchen konnte er aber die Stelle nicht finden; so kehrte er zurück und legte sich nieder. Als er am Morgen erwachte, nahm er einiges Fischgerät und ging fischen. Wie er ans Wasser kam, konnte er es aber nicht finden und nachdem er vergebens nach ihm ausgesehen hatte, kehrte er, ohne gefischt zu haben, zurück. So kam er jedesmal ohne irgend etwas heim und war hungrig, wenn er, wie gewöhnlich, auf seinem Platz saß.

Dann dachte er: »Wenn ich jetzt Beeren klauben gehe, bin ich sicherlich nicht imstand, welche zu finden.« Er nahm einen Holzkübel und ging um Beeren. Nachdem er gesucht hatte, es aber nicht gelungen war, irgendwelche zu finden, kehrte er auf seinen Platz im Haus zurück. Den nächsten Morgen war er hungrig, nahm seine Pfeile und ging auf die Jagd nach Wildgänsen. Da er keine fand, und sonst nichts sah, kehrte er wieder zurück. Andere Leute brachten Seehunde, die sie erlegt hatten. Der Nichtsfinder nahm ein Kajak, setzte ihn ins Wasser und fuhr hinaus, Seehunde zu jagen. Er jagte lange nach Seehunden, aber es schien, als wären keine da. Und da er nichts sah, kehrte er wieder heim auf seinen Platz.

Der Winter kam und er dachte: »Ich weiß nicht, was ich mit mir anfangen soll.« Am nächsten Tag nahm er sein elendes Bett, rollte es mit seinem schäbigen Gerätesack zusammen, nahm das Bündel auf den Rücken und ging landeinwärts aus dem Dorf, über die Häuser hinaus und setzte sich nieder. Sitzend nahm er sein Bündel vom Rücken, öffnete es und band den Gerätesack auf. Nachdem das getan war, verstreute er die Geräte um sich und warf den Sack weg. Dann breitete er sein Bett aus, setzte sich darauf, legte sich zurück und sagte: »Hier will ich sterben.«

Nächte lag er hier, ohne sich zu rühren. Als die Sonne hoch kam, hörte er zuerst einen Raben krächzen und dann dessen Genossen. Er blieb still und der Rabe ließ sich mit seiner Schar nahe bei ihm herab. Der ihm nächste Rabe sprach: »Schaut! Hier ist etwas zu essen. Wir haben noch nichts gefressen und warten lieber nicht; machen wir uns über seine Augen her.« Der entfernteste antwortete: »Nein, er ist nicht tot.« »Wieso liegt er dann da, als ob er tot wäre?« sagte der erste Rabe. »Nein, er ist nicht tot, schau, es ist keine Asche vom Leichenfeuer bei ihm«, erwiderte der zweite.

Da wurde der erste Rabe wütend, blies sich auf und sagte: »Warum ist er dann vertrieben? Schau, seine Sachen sind um ihn verstreut.« »Ich will nichts davon«, antwortete die ganze Rotte, »es ist keine Asche bei ihm, wir lassen dich da«, und flog weg. »Gut, du kannst weg fliegen«, sagte der erste Rabe, »aber ich will seine Augen haben.«

Da öffnete der Mann seine Augen etwas und blickte seitwärts nach dem Raben. Dieser kam näher an den kleinen häßlichen jungen Mann und stand da und hatte in seinem Schnabel ein gutes, scharfes Messer. Er kam näher, und zwischen seinen Augenwimpern hindurch sah der Mann, am Griff gehalten, das scharfe Messer. Er dachte: »Ich hatte doch kein Messer.« Dann kam die Spitze hart an ihn. Er dachte wieder: »Ich hatte kein Messer.« Da erfaßte er es plötzlich und zog es dem Raben weg.

Der Rabe sprang zurück und der Mann setzte sich auf. »Gib mir das Messer«, sagte der Rabe. Der Mann antwortete: »Ich habe kein Messer und das soll jetzt mein Messer sein.« Der Rabe erwiderte: »Ich will dich dafür mit allerlei Wildpret bezahlen.«

»Nein«, sagte der Mann, »ich will es nicht zurückgeben, ich gehe immer jagen und kann nichts finden.« »Dann«, erwiderte der Rabe, »sollst du, wenn du zum Dorf zurück willst, es nicht erreichen, wenn du's auch versuchst.« »Ich hatte kein Messer«, antwortete der Mann. Da hüstelte der Rabe und sagte: »Du willst es also so, behalte mein Messer, wenn du es so schätzt«, und flog davon.

Der Mann setzte sich auf und hielt noch immer das Messer. Dann brach er auf, um ins Dorf zurückzukehren. Wie er ging, schnürte sich seine Kehle zusammen, sein Rücken krümmte sich und er stützte seine Hände auf die Knie. Plötzlich war er ein alter Mann geworden und konnte nicht gehen. Er fiel aufs Gesicht. Er konnte nicht aufstehen. Er war tot.

16. Wie der Rabe das Licht brachte

In den ersten Tagen spendeten, wie jetzt, Sonne und Mond das Licht. Dann aber wurden Sonne und Mond weggenommen und die Menschen blieben auf Erden lange Zeit ohne jedes andere Licht, als den Schimmer der Sterne. Ohne jeden Erfolg machten die Zauberer ihre größten Kunststücke, die Finsternis hielt an.

In einem Dorf am unteren Yukon lebte ein Waisenknabe, der immer mit den Dienstleuten auf der Bank beim Hauseingang saß. Die anderen Leute hielten ihn für närrisch und jedermann verachtete und mißhandelte ihn. Nachdem sich die Zauberer furchtbar, aber ohne Erfolg, angestrengt hatten, Sonne und Mond zurückzuschaffen, verspottete sie der Knabe und sagte: »Was für feine Zauberer müßt ihr doch sein, da ihr nicht einmal imstande seid, das Licht wieder herbeizuschaffen, wenn sogar ich das tun kann.«

Darauf wurden die Zauberer sehr ärgerlich, prügelten ihn und warfen ihn aus dem Haus heraus. Dieser arme Waisenknabe war nun wie jeder andere Knabe, aber wenn er ein schwarzes Kleid, das er hatte, anzog, wurde er in einen Raben verwandelt und blieb ein solcher, bis er das Kleid wieder auszog.

Nachdem die Zauberer den Knaben aus dem Haus geworfen hatten, ging er im selben Dorf ins Haus seiner Tante und erzählte ihr, was er ihnen gesagt und wie sie ihn geschlagen und hinausgeworfen. Dann bat er sie, ihm doch zu sagen, wo die Sonne und der Mond hingekommen seien, denn er wolle ihnen nachgehen.

Sie behauptete, nicht zu wissen, wo sie versteckt wären, aber der Knabe sagte: »Nach deinem feingenähten Kleid zu schließen, weißt du sicher, wo sie sind, denn du hättest nie genug sehen können, es so zu nähen, wenn du nicht wußtest, wo das Licht ist.« Nach langem überredete er endlich seine Tante und sie sagte ihm: »Gut, wenn du das Licht finden willst, mußt du deine Schneeschuhe nehmen und weit nach Süden gehen zu einem Platz, den du schon erkennen wirst, wenn du dort bist.«

Der Rabenknabe nahm sofort seine Schneeschuhe und brach nach Süden auf. Viele Tage wanderte er und die Finsternis blieb immer gleich. Nachdem er schon einen weiten Weg zurückgelegt hatte, sah er weit vor sich einen Lichtblitz, was ihn sehr ermutigte. Als er weitereilte, leuchtete das Licht wieder heller auf als vorher, und dann verschwand und erschien es abwechselnd. Schließlich kam er an einen großen Hügel, dessen eine Seite in vollem Licht stand, während die andere in finstere Nacht getaucht schien. Vor sich, hart am Hügel, bemerkte der Knabe eine Hütte und in ihrer Nähe einen Mann, der von ihrer Vorderseite Schnee wegschaufelte.

Der Mann warf den Schnee hoch in die Luft und so oft er das tat, verdunkelte sich das Licht, so entstand der Wechsel von Licht und Dunkelheit, den der Knabe beim Herannahen gesehen hatte. Dicht hinter dem Haus sah er das Licht, das zu suchen er ausgegangen war, wie einen großen Feuerball. Dann blieb der Knabe stehen und überlegte, wie er das Licht und des Mannes Schaufel erlangen könnte.

Nach einiger Zeit ging er dann zu dem Mann hin und sagte: »Warum wirfst du den Schnee in die Luft und entziehst unserem Dorf das Licht?« Der Mann hielt inne, sah auf und sagte: »Ich räume nur den Schnee vor meiner Türe weg und ich entziehe kein Licht. Aber wer bist du und von wo kommst du?« »Es ist so finster in unserem Dorf, daß ich dort nicht leben will, und so bin ich gekommen, um bei dir zu bleiben«, sagte der Knabe. »Was? Für immer?« fragte der Mann. »Ja!« antwortete der Knabe. Darauf der Mann: »Also gut; komme mit mir ins Haus.« Und er steckte die Schaufel in den Boden und gebückt ging er durch den unterirdischen Eingang voran ins Haus und ließ, nachdem er hindurchgegangen war, in der Meinung, der Knabe sei hinter ihm, den Vorhang vor der Tür herunterfallen.

Im Augenblick, als hinter dem Mann, der eingetreten war, die Türklappe herunterfiel, packte der Knabe den Feuerball und steckte ihn in die Außenfalte seines Pelzes; dann nahm er noch die Schaufel in die Hand und lief nach Norden weg und rannte so lange, bis seine Füße müde waren. Dann erinnerte er sich seines Zaubergewandes, verwandelte sich in einen Raben und flog, so rasch ihn seine Flügel nur trugen, davon. Hinter sich hörte er das entsetzliche Gekeif und Geschrei des Mannes, der ihm rasch folgte. Als der alte Mann merkte, daß er den Raben nicht einholen konnte, schrie er: »Zum Donnerwetter! behalte meinetwegen das Licht, aber gib mir meine Schaufel wieder!«

Darauf antwortete der Knabe: »Nein, du hast unser Dorf ganz verfinstert und sollst daher auch deine Schaufel nicht haben.« Und der Rabe flog weiter und ließ ihn zurück. Auf seinem Heimweg brach der Rabe ein Stück vom Licht ab und warf es aus, und so wurde es wieder Tag. Dann zog er wieder lange Zeit im Dunkeln weiter, warf dann wieder ein Stück Licht weg, es wurde wieder Tag. So tat er abwechselnd, bis er in seinem Heimatdorf vor dem Haus anlangte, wo er das letzte Stück wegwarf. Dann betrat er das Haus und sagte: »Also, ihr unnützen Zauberer, ihr seht jetzt, daß ich das Licht zurückgebracht habe und es wird von nun an hell sein und dann wieder dunkel: Tag und Nacht.« Und die Zauberer konnten ihm nichts antworten.

Daraufhin ging er hinaus aufs Eis, denn sein Haus lag an der Küste und ein großer Wind kam auf und trieb ihn mit dem Eis über die See zum Land an der jenseitigen Küste. Dort fand er ein Dorf, nahm aus seiner Bewohnerschaft eine Frau und lebte mit ihren Leuten, bis er drei Töchter und vier Söhne hatte. Mit der Zeit wurde er sehr alt und erzählte seinen Kindern, wie er ins Land gekommen und, nachdem er ihnen aufgetragen, wieder in jenes Land zu ziehen, woher er gekommen, starb er.

Die Kinder des Raben zogen dann fort, wie er ihnen aufgetragen und gelangten schließlich in ihres Vaters Land. Dort wurden sie in Raben verwandelt und ihre Nachkömmlinge verlernten, wie sie sich in Menschen verwandeln könnten, und so gibt es bis zum heutigen Tag Raben.

Im Dorf des Raben folgen Tag und Nacht einander, wie er gesagt hatte, daß es geschehen werde und die Länge der einzelnen blieb ungleich, da der Rabe manchmal lange Zeit ohne Licht auszuwerfen gewandert war und dann wieder in kürzeren Zwischenräumen das Licht ausgeworfen hatte, so daß die Nächte sehr kurz waren und dementsprechend ist es auch geblieben.

17. Der Kanibale Igimarasugdjuqdjuaq

Igimarasugdjuqdjuaq war ein sehr großer, schlechter Mann, der viele Morde begangen und seine Opfer, nachdem er sie aufgeschlitzt hatte, verspeiste. Einmal kam seine Schwägerin, um seine Frau zu besuchen, aber kaum hatte sie die Hütte betreten, als Igimarasugdjuqdjuaq sie tötete und seiner Frau befahl, sie zu kochen.

Seine Frau war sehr erschrocken, befürchtete, daß sie selbst das nächste Opfer sein werde und beschloß zu fliehen. Als Igimarasugdjuqdjuaq auf die Jagd ging, sammelte sie Heidekraut, stopfte damit ihre Jacke aus und setzte die Figur aufs Bett. Dann lief sie, so rasch sie konnte, weg, bis sie ein Dorf erreichte. Als ihr Gemahl nachhause kam und den Rock sah, glaubte er, es sei ein Fremder zu ihm auf Besuch gekommen und erstach ihn. Wie er aber bemerkte, daß seine Frau ihn betrogen und verlassen hatte, wurde er wütend und verfolgte sie.

Er kam ins Dorf und sagte: »Habt ihr nicht meine Frau gesehen? Sie ist mir weggelaufen.« Die Inuit sagten ihm nicht, daß sie sich bei ihnen aufhielt, sondern verbargen sie vor seiner Wut. Schließlich gab sie Igimarasugdjuqdjuaq als verloren auf und kehrte heim.

Die Inuit beschlossen, die vielen Beleidigungen, die er ihnen angetan hatte, zu rächen. Sie suchten ihn auf und begegneten ihm auf dem Eis, gerade unterhalb seiner Hütte. Als er ihnen sagte, er ginge auf die Bärenjagd, sagten sie: »Laß uns deinen Speer ansehen.« Dieser Speer hatte einen sehr starken, scharfen Walroßzahn als Spitze. »Ah!« sagten sie, »der ist sehr gut, um Bären zu töten; wie scharf er ist! Du mußt ihn gerade in diese Richtung stoßen.« Und wie sie das sagten, stießen sie ihn ihm in die Stirne. Die Spitze des Speeres drang ihm ins Gehirn und dann schlitzten sie ihm mit ihren Messern den Leib auf.

18. Der Geist des Festhauses

Eine Frau ging einmal, als es schon ganz dunkel war, ins Festhaus. Immer schon wollte sie den Geist dieses Hauses sehen und obwohl die Inuit sie davor gewarnt hatten, bestand sie doch auf ihrem Vorhaben.

Mit diesen Worten rief sie den Geist an: »Wenn du im Haus bist, so erscheine!« Und als sie nichts von ihm sehen konnte, schrie sie: »Hier ist ja gar kein Geist, er will nicht kommen.«

Da sagte der noch immer unsichtbare Geist: »Hier bin ich, dort bin ich!«

Da fragte die Frau: »Wo sind deine Füße, wo sind deine Schienbeine, wo sind deine Schenkel, wo sind deine Hüften, wo sind deine Lenden?« Und jedesmal antwortete der Geist: »Hier sind sie, dort sind sie!«

Die Frau fragte weiter: »Wo ist dein Bauch?« »Hier ist er«, antwortete der Geist. »Wo ist deine Brust, wo sind deine Schultern, wo ist dein Nacken, wo ist dein Kopf?« »Hier, da ist er.«

Wie aber die Frau den Kopf berührte, fiel sie plötzlich tot um: er war knochenlos und kahl.

19. Die Bärengeschichte

Vor langer Zeit fand einmal eine Frau einen zwei bis drei Tage alten Bären. Da sie so einen Liebling schon lange vermißt hatte, widmete sie ihm ihre innigste Fürsorge, als ob es ihr eigener Sohn wäre, hätschelte ihn, machte ihm neben ihrem eigenen ein weiches, warmes Bett zurecht und sprach mit ihm, wie eine Mutter mit ihrem Kind. Sie hatte keine lebenden Anverwandten mehr und bewohnte mit dem Bären allein das Haus. Als Kunikdjuaq herangewachsen war, bewies er der Frau, daß sie ihn nicht umsonst erzogen hatte, denn er begann bald Seehunde und Lachse zu jagen, die er, bevor er selbst davon aß, seiner Mutter brachte und erst aus ihren Händen empfing er seinen Anteil davon. Auf einer Hügelspitze wartete sie immer auf seine Rückkehr und wenn sie sah, daß er kein Glück gehabt hatte, bettelte sie bei den Nachbarn um Walfischspeck für ihn. Sie konnte das von ihrem Ausguck aus beobachten, denn wenn er Erfolg gehabt, kam er in derselben Spur zurück, die er beim Auszug gemacht hatte, wenn er aber keinen Erfolg gehabt hatte – immer auf einer anderen. Da er die Inuit auf der Jagd zu übertreffen wußte, erregte er ihren Neid und so wurde nach langen Jahren treuen Dienstes sein Tod beschlossen. Als die alte Frau das hörte, erbot sie sich, von Gram überwältigt, ihr eigenes Leben herzugeben, wenn dafür nur der verschont wurde, der sie so lange erhalten hatte. Ihr Angebot wurde kurzweg abgewiesen. Als sich alle seine Feinde in ihre Hütten zurückgezogen hatten, hielt die Frau mit ihrem Sohn, der jetzt schon zu Jahren gekommen war, ein langes Gespräch und sagte ihm, daß böse Männer darauf aus wären ihn umzubringen, und daß es für ihn nur eine Möglichkeit gebe, sein und ihr Leben zu retten, nämlich auf und davonzugehen und nicht mehr zurück zu kommen. Zugleich bat sie ihn aber sich nicht weiter zu entfernen, als daß sie weggehen und ihn treffen könnte, um einen Seehund und sonst dergleichen, was sie brauche, zu bekommen. Nachdem der Bär auf das gehört, was sie ihm unter Tränen, die auf ihre runzeligen Wangen fielen, gesagt hatte, legte er freundlich seine großen Tatzen auf ihren Kopf, umschlang dann ihren Nacken und sagte: »Gute Mutter, Kunikdjuaq wird immer auf Ausschau sein nach dir und dir so gut er kann dienen.« Nachdem er das gesagt, befolgte er ihren Rat und ging zum Kummer der Dorfkinder und der Mutter fort.

Nicht lang danach ging diese, da sie Mangel an Nahrung hatte, hinaus aufs Meereis um zu sehen, ob sie nicht ihren Sohn treffen könnte und sie erkannte ihn auch bald als den einen von zwei Bären, die miteinander dalagen. Er lief zu ihr und sie patschte ihm in ihrer altgewohnten traulichen Art auf den Kopf, verriet ihm ihre Wünsche und bat ihn wegzueilen und etwas für sie zu bringen. Der Bär lief davon und wenige Augenblicke darauf sah die Frau einen fürchterlichen Kampf zwischen ihm und seinem früheren Gefährten, der zu ihrer großen Beruhigung bald damit endete, daß ihr Sohn einen leblosen Körper vor ihre Füße zerrte. Mit ihrem Messer häutete sie rasch den toten Bären ab, gab ihrem Sohn große Speckscheiben und sagte ihm, sie werde bald zurückkommen, um das Fleisch, das sie nicht auf einmal nach Hause bringen könne, zu holen und wenn es ihr wieder an Nahrung mangle, werde sie wieder kommen. Das tat sie denn auch noch lange, lange Zeit. Der treue Bär half ihr immer und genoß der gleichen Liebe, wie in seiner Jugend.

20. Der rote Bär Ta-ku-ka

An der Küste, dort ungefähr, wo heute Pikmiktalik liegt, lebte ein Eskimojäger namens Pi-tikh-cho-lik mit seiner Frau Ta-ku-ka. Damals waren die Berge von großen Renntierherden bevölkert und die See war voll von Seehunden und Fischen, so daß Pi-tikh-cho-lik eine Menge Nahrung und Felle nach Hause brachte.

Eines schönen Sommerabends stand Ta-ku-ka an der Küste und wartete auf die Rückkehr ihres Gatten. Obwohl er ihr auseinandergesetzt hatte, daß sich die Renntiere weiter in die Berge zurückgezogen hatten und die Seehunde nur noch weit draußen im Meer zu finden seien, war sie doch besorgt und unruhig, da er länger als bei seinen sonstigen Jagdausflügen fortblieb.

Nach einiger Zeit ging Ta-ku-ka ins Haus, um nach ihren Kindern zu sehen; als sie dann wieder herauskam, war ihr Mann gerade dabei, seinen Kajak auf das Gestell neben dem Haus zu stellen.

Sie stellte an ihn, wegen seines langen Ausbleibens, eine Menge Fragen, er antwortete aber verdrießlich, daß er weit aufs Meer hinausgefahren und so lange ausgeblieben sei, weil er ohne Beute nicht zurückkommen wollte. Sie gingen ins Haus und Ta-ku-ka setzte ihm verschiedene Lieblingsgerichte vor, aber er aß nur wenig und war überhaupt traurig und mißmutig. Seine Frau drang in ihn, ihr doch den Grund seiner üblen Laune zu sagen; schließlich sagte er: »Wenn du durchaus den Grund meiner Kümmernisse wissen willst, so höre ihn also: ich fühle, daß ich sterben muß und der dritte Tag von heute an wird mein Todestag sein.«

Darauf fing Ta-ku-ka bitterlich zu weinen an, er tröstete sie aber und sagte: »Weine nicht und mach mich nicht noch unglücklich, solange ich noch bei dir bin, sondern höre meine letzten Wünsche. Wenn ich gestorben bin, mußt du meinen Kajak ins Wasser stellen und an der Küste verankern; dann lege mein Ruder, meine Speere und Schnüre auf ihren gehörigen Platz hinein. Kleide dann meinen Körper in die wasserdichte Jacke und setz mich in den Kajak und binde die Jacke am Rand des Mannloches fest, wie ich es immer getan, wenn ich aufs Meer hinausfuhr. Stelle dann noch drei Tage hindurch jeden Abend Fische, Renntierspeck und Beeren vor mich, damit mein Schatten zufrieden gestellt wird. Versprichst du mir das?« Ta-ku-ka versprach es und weinte still. Pi-tikh-cho-lik verließ das Haus nicht mehr und starb am dritten Tage. Da weinte Ta-ku-ka sehr, tat aber, wie ihr befohlen war. Jeden Morgen sah sie, daß der Schatten gegessen hatte, denn alle Speisen vor dem Körper waren weg. Als sie am vierten Tag an den Strand ging, um wie gewöhnlich ihren Toten zu beklagen, war der Kajak mit all seinem Inhalt verschwunden. Da warf sie sich zu Boden und blieb in ihrem Schmerz lange so liegen, schließlich erinnerte sie sich aber ihrer Kinder und ging wieder ins Haus, um nach ihnen zu sehen. Nun arbeitete Ta-ku-ka viel, sie sammelte Beeren, fing Fische und trocknete sie, um für den Winter einen Vorrat anzulegen.

Als sie so eines Tages Beeren klauben ging, entfernte sie sich weit vom Haus und kam auf den Gipfel eines Hügels. Sie überschaute von da die Gegend und sah noch weit entfernt Rauchwolken vom Boden aufsteigen. Es war das erste Zeichen, das sie je von anderen Leuten gesehen und sie beschloß hinzugehen, um zu sehen, was für Menschen dort seien. Nach einiger Zeit kam sie näher an die Stelle heran und kroch vorsichtig auf den Kamm eines zum Meer steil abfallenden, landeinwärts aber sanft geneigten Hügels. Hart am Wasser lagen drei Häuser und aus dem einen stieg der Rauch, den sie gesehen hatte.

Hier wartete Ta-ku-ka ruhig, um zu sehen was für Leute da wären; bald kam eine Frau heraus, hob eine Hand vor die Augen und blickte hinaus aufs Meer. Dann lief sie zurück ins Haus und rief irgend jemanden drinnen etwas zu. Nun kamen noch zwei andere Frauen heraus und alle gingen hinunter an den Rand des Wassers; dort stimmten sie ein Liebeslied an und tanzten am Sandstrand. Ta-ku-ka hatte die Frauen und ihre schönen Fellkleider so aufmerksam betrachtet, das sie nichts anderes bemerkte; jetzt aber traf leise der angenehme Ton einer singenden Männerstimme ihr Ohr und ihr Herz schlug höher. Über die Frauen hinweg sah sie einen Mann in seinem Kajak langsam der Küste zusteuern. Er sang und warf spielend seinen See-hundsspeer vor sich und hob ihn, wenn er daran vorbei kam, wieder auf.

Wie er näher kam, erkannte Ta-ku-ka in seinem Gesang ein Lied, das in früheren Tagen Pi-tikh-cho-lik ihr vorzusingen pflegte. Der Kajakmann landete nun und die Frauen empfingen ihn mit Freuden-rufen. Ta-ku-ka wollte kaum ihren Augen traun, als sie sah, daß der Mann wirklich ihr Gatte war, den sie für tot gehalten. Er ging mit den Frauen ins Haus und da empfand Ta-ku-ka ein früher nie gekann-tes, merkwürdig grimmes Gefühl im Herzen. Sie stand am Hügelrand und lauschte bis tief in die Nacht hinein dem Gesang und Gelächter, das aus dem Haus zu ihr drang.

Es wurde Morgen, Pi-tikh-cho-lik kam heraus und brachte am Kajak sein Jagdgerät in Ordnung. Nachdem er den Frauen an der Küste »guten Tag« gesagt, ruderte er lustig singend aufs Meer hinaus. Als er außer Sicht war, stieg Ta-ku-ka vom Hügel herab und folgte den Frauen in eines der Häuser. Die waren erstaunt, sie zu sehen, bewillkommten sie aber trotzdem und stellten viele Fragen an sie. Sie bewunderten ihr Gesicht und ihre Hautfarbe, die heller als ihre war und verschiedene tätowierte Linien in ihrem Gesicht: eine auf- und abführende zwischen den Augen und drei von der Unterlippe übers Kinn herunter, die auch anders waren, als die ihrigen. Im Laufe des Gesprächs sagte eine der Frauen: »Diese Gesichtslinien stehen dir sehr gut; ich würde viel dafür geben, wenn du mich lehrtest, mein Gesicht wie deins zu machen.« Ta-ku-ka antwortete: »Ich will dir zeigen, wie das gemacht wird, wenn ich dir damit einen Gefallen erweisen kann, aber ich werde dir dabei weh tun und du wirst den Schmerz vielleicht nicht aushalten.« »Ich werde den Schmerz nicht beachten und bin bereit, ihn auszuhalten, wenn ich nur so schön werde, wie du.« »Wie du willst!« sagte Ta-ku-ka, »geh ins Haus, zünde ein Feuer an und setze einen großen irdenen Topf mit Fett auf; wenn das Fett kocht, rufe mich, ich werde dann dein Gesicht so schön, wie das meine, machen.« Nachdem ihr die Frau gedankt hatte, ging sie, alles fertig zu machen und nun stellten die anderen Frauen noch eine Menge Fragen, wie: »Wird es sehr weh tun?« und »Wird sie wirklich so schön werden, wie du bist?« und noch andere mehr. Ta-ku-ka entgegnete darauf: »Es wird ihr nicht sehr weh tun und sie wird noch schöner werden, als ich.«

Die Frau kam bald zurück und meldete, das Fett sei fertig. Ta-ku-ka ging dann mit ihr ins Haus und befahl ihr, sich vor den Topf mit dem siedenden Fett zu knien und den Kopf darüber zu beugen. So wie das geschehen war, packte Ta-ku-ka sie bei den Haaren und stieß ihren Kopf ins heiße Fett und hielt ihn drin, bis die Frau tot war; dabei sagte sie: »Da! Jetzt wirst du immer schön sein!« Dann legte sie ihren Körper auf die Bettstatt, deckte das Gesicht zu und ging hinaus zu den anderen Frauen. In ihrer Abwesenheit hatten die beiden anderen miteinander geschwätzt und als sie zurückkam, fragten sie, ob es ihr gelungen sei, ihre Gefährtin zu verschönern, und Ta-ku-ka nickte mit dem Kopf.

Daraufhin sagten die beiden Frauen: »Wir wollen dir auch Geschenke geben, wenn du uns schön machen willst.« Sie war damit einverstanden. Dann gingen sie alle zum Haus der toten Frau und Ta-ku-ka sagte zu ihren Begleiterinnen: »Stört eure Freundin nicht, sie schläft jetzt, und damit nichts ihre Schönheit beeinträchtigt, ist ihr Gesicht zugedeckt. Wenn sie aufwacht, wird sie sehr schön sein.« Darauf brachte sie dann die beiden anderen Frauen, wie die erste um und sagte, wie sie sie niederhielt: »Ihr werdet auch sehr schön sein.« Sie fertigte nun aus Stäben drei Gestelle an und stellte sie, wo die Frauen am Abend vorher an der Küste getanzt hatten, aufrecht in den Sand und legte die Kleider der Toten darüber, sodaß man auf die Entfernung glauben konnte, sie stünden dort. Dann nahm sie das Fell eines roten Bären und ging zu ihrem Versteck in den Felsen zurück. Es wurde Abend und der Jäger kam, wie in der vorigen Nacht, singend zurück. Es drang zwar keine Antwort zu ihm, aber er glaubte doch, seine Weiber an der Küste stehen zu sehen, obwohl auf sein Loblied keine Antwort kam. Er wurde ärgerlich und hielt mit seinem Gesang inne. Dann begann er sie zu schelten und beschimpfen, aber noch immer blieben sie stumm. Nachdem er gelandet, lief er auf die schweigenden Gestalten zu und dann ins nächste Haus. Dort und im nächsten fand er nichts, aber im dritten sah er seine Weiber tot daliegen und Ta-ku-ka hörte die Schmerzensschreie, die er ausstieß, als er das sah.

Rasend stürzte Pi-tikh-cho-lik aus dem Haus; vor Trauer klagend und aus Ärger schrie er: »Wenn irgendwelche bösen Geister das getan haben, so fürchte ich mich gar nicht vor ihnen; sie sollen nur kommen und versuchen auch an mir Rache zu nehmen; ich hasse und verachte sie!« Alles blieb ruhig. »Wenn irgend ein Rachegeist, Mensch oder Tier, das getan hat, so soll er nur aus seinem Versteck herauskommen und«, so brüllte er, »es wagen, einem Mann Trotz zu bieten, der ihm das Herz herausreißen und sein Blut trinken wird! Oh, elendiger Nichtsnutz!«

Wie zur Antwort darauf hörte er vom Hügel her ein tiefes Gebrumm und sah dort einen roten Bären aufrecht auf seinen Hinterfüßen stehen und seinen Körper vor- und zurückneigen. Das war Ta-ku-ka, die sich ins Bärenfell eingewickelt, und um sich vor Pfeil- oder Speerwunden zu schützen, darunter an jede Körperseite flache Steine gelegt hatte.

Pi-tikh-cho-lik sah sie und glaubte, es sei wirklich ein Bär und begann alle Schimpfnamen, die er sich nur ausdenken konnte, zu rufen, während er rasch einen Pfeil auf den Bogen legte und ihn losschoß. Der Pfeil traf auf einen der Steine und fiel unschädlich herab; der Bär wandte ihm die andere Seite zu. Wieder schoß er einen gutgezielten Pfeil ab und wieder war er wirkungslos. Da rutschte der Bär den Abhang zu ihm herunter und als Pi-tikh-cho-lik dem Bären den Speer in die Flanke stieß, zerbrach er ihm in der Hand. In ein paar Augenblicken hatte der Bär ihn leblos niedergeworfen, ihm das Herz herausgerissen und es aufgefressen. Daraufhin schien die Raserei, die Ta-ku-ka ergriffen hatte, sie zu verlassen und ihre besseren Gefühle kamen wieder zurück. Sie versuchte das Bärenfell abzustreifen, aber es saß so fest an ihr, daß es ihr nicht gelang.

Auf einmal erinnerte sich Ta-ku-ka ihrer Kinder zuhause; sie nahm von der Hügelspitze ihren Korb mit den Beeren und machte sich nach ihrer Wohnung auf den Weg. Als sie so dahinging, bekam sie plötzlich Angst vor ihrem merkwürdigen Blutdurst, in den sich Gedanken an ihre Kinder mischten. Sie lief weiter, kam endlich zum Haus und lief hinein. Die beiden Kinder schliefen, und als sie Ta-ku-ka sah, überkam sie wieder unbezähmbare Blutgier und sie riß sie augenblicklich in Stücke. Dann ging sie hinaus und schweifte im Land umher, voll Gier, einen jeden, der ihr entgegenkam, umzubringen.

Bis dahin waren die roten Bären harmlos gewesen, aber Ta-ku-ka pflanzte ihnen ihre eigene Leidenschaft ein, sodaß sie seither ganz wild geworden sind. Zuletzt kam sie an den Kuskokwimfluß und wurde von einem Jäger getötet, dessen Pfeil doch einen Weg durch einen Sprung in einem der Steine an ihrer Seite gefunden hatte.

21. Der rote Bär

In der Tundra südlich der Yukonmündung lebte einst ein Waisenknabe mit seiner Tante. Sie waren ganz allein und eines Sommertags nahm der Knabe seinen Kajak und fuhr weg, um zu sehen, wo die Leute am Yukon lebten, von denen er gehört hatte. Als er an den Fluß kam, fuhr er ihn hinauf, bis er ein großes Dorf erreichte. Dort legte er an und die Bewohner liefen hinunter zur Küste, packten ihn, brachen sein Kajak in Stücke, rissen ihm die Kleider vom Leib und schlugen ihn fürchterlich.

Bis zum Ende des Sommers wurde der Knabe dortbehalten, als Zielpunkt ständiger Prügel und schlechter Behandlung. Im Herbst faßte einer der Männer Mitleid zu ihm, baute ihm einen Kajak und sandte ihn nachhause, wo er dann nach langer Abwesenheit eintraf. Als er zu Hause ankam, sah er, daß um das Haus seiner Tante ein großes Dorf entstanden war. Nachdem er gelandet, ging er zum Haus seiner Tante, trat ein und erschreckte sie sehr, da er wie ein Skelett aussah, weil er so lange gehungert hatte und so viel geschlagen worden war.

Als seine Tante ihn endlich wiedererkannte, erzählte er seine Geschichte mit wehleidigen Worten, statt mit solchen des Ärgers über die grausamen Dorfbewohner. Nachdem er die Erzählung seiner Leiden beendet, sagte sie ihm, er solle ihr ein Stück Holz bringen. Das tat er auch. Daraus schnitzten sie ein kleines Tier mit langen Zähnen und scharfen Klauen und bemalten es an den Seiten rot und weiß an der Kehle; dann trugen sie das Tier ans Ufer der Bucht und setzten es ins Wasser. Dann beschwor es die Tante zu gehen und in dem Dorf, wo ihr Knabe gewesen, jeden, den es finde, zu töten.

Das Schnitzwerk bewegte sich aber nicht und die Frau nahm es aus dem Wasser, beschimpfte es, ließ ihre Tränen auf es herunterfallen und setzte es dann wieder ins Wasser mit den Worten: »Jetzt geh und bring die schlechten Leute um, die meinen Buben geschlagen haben.« Darauf schwamm das Tier über die Bucht und kroch am anderen Ufer hinauf, wo es zu wachsen begann und bald ein roter Bär von ziemlicher Größe wurde. Er wandte sich um und sah die alte Frau an, bis sie ihm zurief zu gehen und ja niemanden zu schonen.

Dann ging der Bär fort, bis er zum Dorf am großen Fluß kam. Er traf da einen Mann, der gerade um Wasser ging und zerriß ihn sogleich in Stücke; dann blieb der Bär in der Nähe des Dorfes, bis er mehr als die Hälfte aller Leute getötet hatte und die anderen sich vorbereiteten, es zu verlassen, um dem Verderben zu entgehen. Der Bär schwamm darauf über den Yukon zum weiter entfernten Kuskokwimfluß und tötete jeden, den er sah, denn selbst das geringste Lebenszeichen versetzte ihn in Raserei, bis es vernichtet war. Vom

Kuskokwimfluß kehrte der Bär wieder zurück und stand eines Tags wieder am anderen Ufer der Bucht, wo er einst belebt worden war. Als er am drüberen Ufer die Leute sah, wurde er wieder wild, riß mit seinen Krallen den Boden auf, knurrte und begann dann über die Bucht zu setzen. Als die Dorfbewohner dies sahen, erschraken sie sehr, liefen herum und sagten: »Der Hund der alten Frau ist da; wir werden alle getötet werden; sagt der Frau, sie soll ihren Hund aufhalten!« Sie schickten sie, den Bären zu empfangen. Der Bär versuchte nicht sie zu verletzen, sondern ging vorbei, um die anderen Leute zu erwischen, sie hielt ihn aber an seinen Nackenhaaren und sagte: »Laß diese Leute in Ruhe, die waren zu mir freundlich und gaben mir Essen, wenn ich hungrig war.«

Danach führte sie den Bären in ihr Haus, setzte sich, sagte ihm, daß er ihren Auftrag gut ausgeführt und sie zufriedengestellt habe; er solle jetzt aber die Leute nicht mehr angreifen, außer, wenn sie versuchten, ihn zu mißhandeln. Nachdem sie ihm das gesagt, führte sie ihn zur Tür und schickte ihn weg in die Tundra. Seit dieser Zeit gibt es rote Bären.

22. Der Feuerball

Vor langer Zeit lebte in dem Dorf Kin-i-gim ein armer Waisenknabe, der niemanden hatte, der für ihn sorgte, von jedermann schlecht behandelt wurde, und auf Geheiß der Dorfbewohner immer dahin und dorthin laufen mußte. Eines Abends wurde er aus dem Haus geschickt um zu sehen, wie das Wetter sei. Er hatte keine Fellschuhe und da es Winter war wollte er nicht gehen, wurde aber doch hinausgejagt. Er kam gleich wieder zurück und sagte das Wetter habe sich nicht geändert. Daraufhin sandten ihn die Leute wieder mit demselben Auftrag hinaus, bis er schließlich zurückkam und erzählte, er habe einen großen Feuerball, wie den Mond, über einem nahen Hügel aufsteigen gesehen. Die Leute lachten ihn aus und schickten ihn wieder hinaus und da sah er, daß das Feuer herangekommen und schon ganz in der Nähe war. Da lief der Waisenknabe hinein, erzählte, was er gesehen und versteckte sich, denn er hatte Angst.

Bald darauf sahen die Leute eine Feuergestalt vor der Haut, die die Dachluke verschloß, herumtanzen und gleich darauf schlich auf den Knien und Ellbogen ein Menschengerippe durch den Eingang in den Raum.

Wie das Gerippe herankam, machte es eine Bewegung gegen die Leute, wodurch sie gezwungen waren, in der gleichen Stellung, wie das Gerippe, auf Knie und Ellbogen zu fallen. Es wandte sich nun um und kroch, wie es gekommen war, von den Leuten, die ihm nachgehen mußten, gefolgt, hinaus. Draußen kroch es weiter zum Dorf hinaus, noch immer gefolgt von den Leuten: bald darauf verschwand es und alle waren tot. Einige Dorfbewohner waren nicht dagewesen, als das Gerippe, der Tunghak, gekommen war und als sie zurückkamen, sahen sie überall Leichen herumliegen. Als sie ins Haus gingen, fanden sie den Waisenknaben und der erzählte, wie die anderen umgekommen waren. Sie verfolgten dann die Spuren des Tunghak und kamen jenseits des Hügels an ein uraltes Grab, bei dem die Spuren endeten.

Einige Tage darauf ging der Bruder eines der toten Männer aufs Meereis hinaus, ziemlich weit weg vom Dorf, um zu fischen. Er blieb lange und die Dunkelheit überraschte ihn, als er noch weit draußen war. Als er so dahinging, erschien plötzlich der Tunghak vor ihm und lief immer auf seinem Weg hin und her. Der junge Mann versuchte an ihm vorüberzukommen und zu entfliehen, konnte es aber nicht, denn der Tunghak blieb immer vor ihm und tat immer dasselbe wie er. Als ihm nichts mehr einfiel, nahm er plötzlich einen Fisch aus seinem Korb und warf ihn auf den Tunghak. Als er den Fisch herauszog war er steif gefroren, aber als er in die Nähe des Tunghak kam, kehrte er plötzlich um und fiel über die Schultern des Jünglings zurück in den Korb und schlug darin herum, denn er war wieder lebendig geworden.

Jetzt zog der Fischer einen seiner Hundsfellfäustlinge aus und warf ihn hin. Wie der nun in der Nähe des Tunghak niederfiel, wurde er ein Hund, der das Gespenst anbrummte und anknurrte und so seine Aufmerksamkeit auf sich lenkte, so daß der Mann vorbei und so schnell er nur konnte zum Dorf lief. Als er ein Stück Wegs zurückgelegt hatte, wurde er wieder vom Tunghak aufgehalten und gleichzeitig sprach eine Stimme von oben: »Bind ihm doch seine Füße auseinander, sie sind mit einer Schnur zusammengebunden.« Er hatte aber zu große Angst, um das auszuführen. Er warf also lieber noch einen anderen Fäustling und auch der verwandelte sich in einen Hund, der wie der erste den Tunghak aufhielt.

Der Jüngling lief so rasch er konnte davon und fiel erschöpft bei der Haustür nieder, als auch schon der Tunghak kam. Der ging, ohne ihn zu bemerken, knapp an ihm vorüber ins Haus hinein, fand aber niemand drin und kam wieder heraus. Der junge Mann stand nun auf und ging hinein; er wagte es aber nicht, was er gesehen hatte seiner Mutter zu erzählen. Am folgenden Tag ging er wieder fischen und stieß unterwegs auf einen Mann, der am Weg lag. Seine Hände und sein Gesicht waren ganz schwarz. Als er näher kam, forderte ihn der schwarze Mann auf, ihm auf den Rücken zu steigen und die Augen zu schließen. Er folgte und bald darauf durfte er die Augen wieder öffnen. Als der Jüngling dies tat, sah er gerade vor sich ein Haus und in dessen Nähe ein schönes junges Weib. Sie sprach zu ihm: »Warum hast du vorige Nacht nicht getan, wie ich dir geraten, als der Tunghak dich verfolgte?« Er antwortete, daß er sich gefürchtet habe. Das Weib gab ihm dann einen zauberkräftigen Stein als Talisman, der ihn in Hinkunft vor den Tunghak schützen sollte und dann nahm ihn der schwarze Mann wieder auf den Rücken und als er die Augen öffnete, war er zu Hause.

Seit dieser Zeit wollte der junge Mann als Zauberer angesehen werden, dachte aber immer nur an das schöne Weib, das er gesehen hatte, so daß er nicht viel Kräfte besaß. Schließlich sagte sein Vater zu ihm: »Du bist gar kein Zauberer! Du machst mir nur Schande; geh wo anders hin!« Am nächsten Morgen verließ der Jüngling bei Tagesanbruch das Dorf und man hat nie wieder etwas von ihm gehört.

23. Die Auswanderung der Sagdlirmiut

In der Gegend von Ussualung gibt es zwei Orte: Qerniqdjuaq und Echaluqdjuaq. In jedem dieser Orte war ein großes Haus, in dem viele Familien zusammenlebten. Wenn sie im Sommer Renntiere jagten, so pflegten sie sich zusammenzugesellen, im Herbst aber kehrten sie in ihre Häuser zurück.

Einmal hatten die Leute von Qerniqdjuaq viel Erfolg, während die von Echaluqdjuaq kaum ein Tier gefangen hatten. Daher waren die letzteren sehr ärgerlich und beschlossen, die andere Partei zu töten, wollten damit aber noch bis zum Winter warten. In ziemlich vorgerückter Jahreszeit wurden dann noch viele Renntiere erlegt und aufgespeichert; mit Schlitten sollten sie dann in die Winterlager gebracht werden.

Eines Tags bereiteten sich beide Parteien zu einer Ausfahrt nach diesen Vorräten vor und die Echaluqdjuaq-Männer beschlossen, bei dieser Gelegenheit ihre Feinde umzubringen. Sie zogen mit ihren Hunden und Schlitten ab und als sie schon ziemlich über Land waren, griffen sie ihre nichtsahnenden Genossen an und töteten sie. Aus Furcht, die Frauen und Kinder der Ermordeten könnten Verdacht schöpfen, wenn die Hunde ohne ihre Herren zurückkehrten, töteten sie diese auch noch. Bald darauf kehrten sie heim und sagten sie hätten die andere Partei verloren und wüßten nicht was mit ihr geschehen sei.

Ein junger Echaluqdjuaq war der Liebhaber eines Mädchens der Qerniqdjuaq und pflegte sie allnächtlich zu besuchen. Auch jetzt stellte er seine Besuche nicht ein. Er wurde von ihr freundlich aufgenommen und legte sich mit ihr schlafen.

Unter der Bank war ein kleiner Bub, der den Echaluqdjuaq kommen sah. Als alles schlief, hörte er jemand sprechen und erkannte bald, daß es die Geister der Ermordeten waren, welche ihm erzählten, was sich zugetragen und ihn baten, zur Rache den jungen Mann zu töten. Der Knabe kroch unter dem Bett hervor, nahm ein Messer und stach es dem jungen Mann in die Brust. Obwohl er ein kleiner Knabe und noch schwach war, glitt das Messer von den Rippen ab, drang tief ins Herz und tötete so den jungen Mann.

Dann weckte er die anderen Hausgenossen und erzählte ihnen, daß die Geister der Toten zu ihm gekommen, von ihrer Ermordung erzählt und ihm aufgetragen, den jungen Mann zu töten. Die Frauen und Kinder waren sehr erschrocken und wußten nicht was sie tun sollten. Schließlich beschlossen sie den Rat einer alten Frau zu befolgen und vor ihren grausamen Nachbarn zu fliehen. Da ihre Hunde getötet waren, konnten sie die Schlitten nicht verwenden. Zufällig war aber eine Hündin mit jungen Hunden im Haus und das alte Weib, welches eine große Zauberin war, befahl ihnen die jungen Hunde zu schlagen, dann würden sie schnell wachsen. So geschah es auch und in kurzer Zeit waren die Hunde groß und stark. Sie schirrten sie an und brachen so rasch als nur möglich auf. Um ihre Nachbarn zu täuschen, ließen sie alles zurück und löschten nicht einmal ihre Lichter aus, damit jene gar keinen Verdacht schöpften.

Den nächsten Tag wunderten sich die Echaluqdjuaq, daß ihr Kamerad nicht zurückgekommen und gingen zur Hütte nach Qerniqdjuaq. Sie guckten durch den Fensterspalt, sahen die Lampen brennen aber niemand darin. Schließlich fanden sie den Körper des jungen Mannes, fanden die Schlittenspuren, brachten schleunigst ihre Schlitten in Ordnung und verfolgten die Flüchtlinge.

Obwohl diese sehr rasch vorwärts kamen, folgten ihnen die Verfolger noch schneller und es schien, als würden sie sie in kurzer Zeit einholen. Da sie die Rache der Verfolger fürchteten, bekamen die Flüchtigen große Angst.

Als der Schlitten der Männer näher kam und die Frauen sahen, daß es unmöglich sei zu entkommen, fragte eine junge Frau die Zauberin: »Weißt du nicht, wie man das Eis zerschneiden kann?« Die Alte bejahte und zog langsam mit ihrem Zeigefinger einen Strich über das Eis, quer über den Weg der Verfolger. Das Eis gab einen lauten Krach. Noch einmal zog sie den Strich, ein Spalt öffnete sich und erweiterte sich so rasch als sie weiterzogen. Die Flut hob sich und als die Männer herankamen, konnten sie nicht über den breiten Spalt offenen Wassers. So war die eine Partei durch die Kunst ihrer Zauberin gerettet worden.

Viele Tage zogen sie noch hin und her und landeten endlich auf der Inseln Sagdlirn, wo sie blieben und die Stammütter der Sagdlirmiut wurden.

24. Die Rivalen

Zwischen zwei Männern bestand scharfe Rivalität. Jeder behauptete der Stärkere zu sein und bemühte sich, dem anderen das zu beweisen. Der eine behauptete, er könne eine Insel machen, etwas nie dagewesenes. Er hob einen ungeheuer großen Felsen auf und schleuderte ihn ins Meer, wo er als Insel liegen blieb. Da gab der andere dieser Insel einen solchen Fußtritt, daß sie auf der Spitze einer anderen landete, die sehr weit weg war. Die Folgen dieses Fußtrittes kann man bis zum heutigen Tage sehen: der Platz heißt Tu-kik-tok.

25. Die Geschichte von den drei Brüdern

Vor langer Zeit lebten drei Brüder. Zwei von ihnen waren erwachsen, der dritte war aber noch jung; er hieß Qaudjaqdjuq. Die älteren Brüder hatten ihre Heimat verlassen und zogen jahrelang herum, indes der Jüngste mit seiner Mutter in seinem Geburtsort lebte. Da er keinen Vater mehr hatte, wurde der arme Junge von allen Männern des Dorfes mißhandelt und niemand war da, ihn zu beschützen.

Schließlich hatten die älteren Brüder es satt herumzustreifen und kehrten heim; als sie hörten, daß der Knabe von allen Inuits schlecht behandelt worden sei, wurden sie ärgerlich und sannen auf Rache. Zuerst taten sie so als sähen sie nichts, bauten aber ein Boot, in welchem sie entfliehen wollten, sobald sie ihre Pläne ausgeführt hatten. Sie waren geschickte Bootsbauer und vollendeten ihr Werk sehr bald. Als sie das Boot ausprobten, glitt es so rasch wie eine Eiderente fliegt übers Wasser. Sie waren aber noch nicht zufrieden mit ihrem Werk, zerstörten es wieder und bauten ein neues Boot; das war bei der Probe so schnell, wie eine Eisente. Immer noch waren sie unzufrieden, zerstörten auch dieses Boot und bauten ein drittes und das war gut. Nachdem sie das Boot fertiggestellt hatten, lebten sie friedlich mit den anderen Männern. Im Dorf war ein großes Festhaus, das zu allen Festen benutzt wurde. Eines Tages gingen die drei Burschen hin, schlossen es auf, und fingen an drin zu tanzen und zu singen, bis sie erschöpft waren. Da keine Sitzbank in dem Haus war, baten sie ihre Mutter, eine zu bringen und als sie die Türe öffneten, um sie hereinzulassen, entschlüpfte ein Hermelin, der im Haus versteckt gewesen war.

In der Nähe des Festhauses spielten die anderen Inuit des Dorfes. Als sie den Hermelin sahen, der mitten durchs Gedränge lief, bemühten sie sich, ihn zu fangen. Im Eifer der Verfolgung stolperte ein Mann, der das kleine Tier schon fast gefangen hatte, so unglücklich über einen Kieselstein, daß er augenblicklich tot war. Der Hermelin war, besonders ums Maul herum, ganz mit Blut besprizt; bei der Verwirrung, die nun ausbrach, entwischte er ins Festhaus, wo er sich in seiner früheren Ecke versteckte.

Drinnen hatten die Brüder wieder angefangen zu singen und zu tanzen. Als sie erschöpft waren, riefen sie nach ihrer Mutter, sie sollte etwas zum Essen bringen. Wie sie nun die Tür öffnete, entwischte der Hermelin wieder und rannte zwischen den Inuit, die noch immer draußen spielten, herum.

Als sie ihn bemerkten, glaubten sie jetzt, die Brüder wollten sie dadurch veranlassen, ihn zu verfolgen, um so nacheinander umzukommen. Der ganze Haufen stürmte daher das Festhaus, mit der Absicht die Brüder zu töten. Da die Tür geschlossen war, krochen sie aufs Dach und rissen es auf, aber als sie ihre Speere nahmen, um die drei Männer zu durchbohren, öffneten die die Tür und liefen hinunter an den Strand. Ihr Boot war ganz in der Nähe und zur Abfahrt bereit, während die der anderen Inuit ziemlich weit weg lagen.

Sie schifften sich mit ihrer Mutter ein und als sie ein wenig draußen waren und sahen, daß die anderen Männer ihre Boote noch nicht erreicht hatten, bildeten sie sich ein, daß die nie imstande wären, sie einzuholen, selbst wenn sie mit äußerster Anstrengung ruderten. Sie spielten also nur mit den Rudern am Wasser. Einige junge Frauen und Mädchen waren am Strand und sahen auf die Männer, die sich mit äußerster Kraft anzustrengen schienen. Der älteste Bruder rief den Weibern zu: »Wollt ihr uns helfen? Wir können allein nicht weiter kommen.« Zwei Mädchen sagten zu, aber sowie sie ins Boot gekommen waren, fingen die Brüder an so hart zu rudern, als sie nur konnten. Das Boot flog dahin, schneller als eine Ente und die Mädchen schrien vor Angst. Die anderen Inuits beeilten sich, begierig, die Flüchtigen einzuholen und bald waren ihre Boote bemannt.

Die Brüder hatten nicht die mindeste Angst, da ihr Boot ja das bei weitem schnellste war. Als die Verfolger fast außer Sehweite gekommen waren, wurden sie plötzlich von einem hohen, steilen Landrücken aufgehalten, der sich vor dem Boot erhob und ihren Weg versperrte. Sie wurden ganz verwirrt, denn sie mußten ein langes Stück zurück und fürchteten, von den anderen Booten überholt zu werden. Einer der Brüder aber war ein großer Zauberer und rettete sie durch seine Kunst. Er befahl ihnen:

»Macht eure Augen zu und öffnet sie nicht, bevor ich es euch erlaube; dann rudert los!« Sie taten wie er befohlen und als er sie wieder aufschauen hieß, sahen sie, daß sie mitten durchs Land gefahren waren, das sich nun hinter ihnen genau so hoch und furchtbar erhob, wie es ihnen vorhin den Weg versperrt hatte. Es hatte sich geöffnet und sie waren durchgefahren.

Nachdem sie einige Zeit weiter gerudert, sahen sie einen langen schwarzen Strich im Meer. Als sie näher kamen, erkannten sie, daß es eine undurchdringliche Masse von Seegras war; sie war so fest, daß sie aus dem Boot steigen und darauf stehen konnten. Es war ausgeschlossen das Boot durchzubringen, obwohl es schneller als eine Ente war. Der älteste Bruder erinnerte sich aber seiner Zauberkunst und sagte zu seiner Mutter: »Nimm deine Haarenden und peitsche das Seegras.« Kaum tat sie so, da versank es auch und gab den Weg frei.

Nachdem sie über dieses Hindernis hinaus waren, wurden sie nicht mehr aufgehalten und vollendeten ihre Reise in Sicherheit. Als sie ihr Ziel erreicht hatten, gingen sie an Land und errichteten eine Hütte. Die beiden Frauen, die sie ihren Feinden entführt hatten, gaben die Brüder Qaudjaqdjuq.

Sie wollten ihn nun ebenso stark machen, wie sie selbst waren. Dazu führten sie ihn zu einem ungeheuren Stein und sagten: »Versuch' diesen Stein zu heben!« Da Qaudjaqdjuq das nicht konnte, schlugen sie ihn und sagten: »Versuch' es noch einmal!« Diesmal konnte ihn Qaudjaqdjuq ein wenig von der Stelle rücken. Die Brüder waren noch nicht zufrieden und schlugen ihn nochmals. Von den letzten Schlägen wurde er sehr stark, hob den Stein auf und warf ihn über die Hütte.

Die Brüder gaben ihm dann die Rute und sagten ihm, er solle damit die Frauen schlagen, wenn sie ihm ungehorsam wären.

26. Qaudjaqdjuq

Vor langer Zeit lebte ein armer Waisenknabe, der keinen Beschützer hatte und von allen Dorfbewohnern mißhandelt wurde. Er durfte nicht einmal in der Hütte schlafen, sondern mußte draußen im kalten Eingang liegen, bei den Hunden, die ihm Kissen und Decke waren. Er bekam auch kein Essen, sondern man warf ihm alten zähen Walroßspeck vor, den er ohne Messer verzehren mußte. Ein junges Mädchen war die einzige, die ihn bemitleidete; sie gab ihm ein kleines Stück Eisen als Messer, bat ihn aber, es ja gut zu verbergen, sonst würden die Männer es ihm wegnehmen. Er tat so und steckte es in sein Gewand. So führte er ein elendes Leben und wuchs nicht einmal, sondern blieb der arme, kleine Qaudjaqdjuq. Nicht einmal mit den anderen Kindern konnte er spielen, da sie ihn wegen seiner Schwäche ebenso quälten und mißhandelten, wie alle anderen.

Wenn die Dorfbewohner sich im Festhaus versammelten, pflegte Qaudjaqdjuq im Eingangsflur zu liegen und über die Schwelle zu gucken. Hie und da zog ihn ein Mann an der Nase in die Hütte und gab ihm das große Uringefäß, um es auszuschütten. Das war so groß und schwer, daß er es mit beiden Händen und den Zähnen halten mußte. Da er immer an den Nasenflügeln gezogen wurde, waren sie sehr groß, obwohl er selbst klein und schwach blieb.

Schließlich kam der Mann im Mond, der gesehen hatte, wie schlecht sich die Leute gegen Qaudjaqdjuq benahmen, herunter, um ihm zu helfen. Er spannte seinen Hund Terii-tiaq vor einen Schlitten und fuhr herunter. In der Nähe der Hütte machte er Halt und schrie: »Qaudjaqdjuq, komm heraus!« Der antwortete: »Ich will nicht herauskommen, geh weg!« Als er ihn aber ein zweites und drittesmal herauskommen hieß, gehorchte er, obwohl er große Angst hatte. Dann ging der Mann vom Mond mit ihm zu einem Platz, wo einige große Steine herumlagen und nachdem er ihn geschlagen hatte, fragte er: »Fühlst du dich jetzt stärker?« »Ja, ich fühl' mich stärker.« »Dann heb diesen

Stein.« Da Qaudjaqdjuq ihn noch nicht heben konnte schlug er ihn wieder und jetzt begann er plötzlich zu wachsen; zuerst wurden seine Füße ganz außerordentlich groß. Wieder fragte ihn der Mann im Mond: »Fühlst du dich jetzt stärker?« Qaudjaqdjuq antwortete: »Ja, ich fühle mich schon stärker.« Da er aber den Stein noch immer nicht heben konnte, wurde er nochmals geschlagen. Daraufhin bekam er riesige Kräfte und hob den Stein, als ob es ein kleiner Kiesel wäre. Der Mondmann sagte: »Das wird langen; morgen werde ich drei Bären schicken, dann magst du deine Kraft beweisen.«

Er kehrte in den Mond zurück; Qaudjaqdjuq, der jetzt der große Qaudjaqdjuq geworden war, ging nach Hause und schleuderte mit den Füßen die Steine nach rechts und links, daß sie nur so flogen. Nachts legte er sich wieder zu den Hunden. Am nächsten Morgen erwartete er die Bären und wirklich erschienen bald drei große Tiere und erschreckten alle Männer so, daß sie sich nicht aus den Hütten wagten.

Da zog Qaudjaqdjuq seine Stiefel an und lief hinunter aufs Eis. Ein Mann, der aus dem Fensterspalt guckte, sagte: »Schaut her, ist das nicht Qaudjaqdjuq? Die Bären werden bald mit ihm sich auf den Weg machen.« Er aber packte den ersten bei den Hinterbeinen und schlug seinen Kopf gegen einen Eisberg, in dessen Nähe er gerade stand. Dem anderen ergings nicht besser. Den dritten aber trug er zum Dorf hinauf und erschlug einige seiner Feinde mit ihm. Andere würgte er mit den Händen zu Tode, oder er spaltete ihre Köpfe und schrie: »Das ist dafür, daß ihr mich mißhandelt habt; das ist für eure Quälereien!« Die er nicht umbrachte, liefen weg, um niemals wiederzukehren. Nur einige, welche zum kleinen, armen Qaudjaqdjuq freundlich gewesen waren, darunter auch das Mädchen, welches ihm das Messer geschenkt hatte, verschonte er. Qaudjaqdjuq lebte dann als großer Jäger weiter und zog, viel Heldentaten vollbringend, durchs Land.

27. Der Mann im Monde

Vor langer Zeit lebte einmal ein Mann, der seine Frau wenig gut behandelte. Eines Tags schlug er sie wieder, obwohl sie schwanger war. Spät am Tag ging er dann Seehunde jagen. Es war eine klare Nacht, Sterne und Mond schienen hell. Da rief die Frau den Mann im Mond an und bat ihn herunterzukommen. Gegen Morgen hörte sie jemand mit Hunden sprechen und sah einen von zwei Hunden gezogenen Schlitten. Es war der Mann vom Mond und seine beiden Hunde Teriitiaq und Kanageak. Der Mann vom Mond rief ihr zu: »Komm heraus!« Sie folgte und er hieß sie sich auf seinen Schlitten setzen. Dann befahl er ihr die Augen zu schließen und sie nicht früher zu öffnen, als bis sie an ihrem Bestimmungsort angekommen wären. Sie schloß die Augen und dann schwebten sie aufwärts durch die Luft. Nach geraumer Zeit sagte der Mann vom Mond: »Mach jetzt deine Augen auf!« Sie antwortete: »Ich glaube, wir sind angekommen.« Sie sah sich um und bemerkte ein Schneehaus. Die beiden traten ein. Innen war alles sehr hübsch. Der Mann lud sie ein bei ihm zu bleiben und sagte: »Du sollst auf der linken Seite gegenüber der Haustüre sitzen.« Er selbst setzte sich auf die rechte Seite, der Lampe gegenüber. Nach einiger Zeit bat er sie, zu ihm herüber zu kommen und zeigte ihr dicht bei seinem Sitzplatz ein Loch, durch welches sie auf die Erde hinunter sehen konnte. Sie konnte ihren Mann in Kleidern voll Schnee und Eis vor seiner Haustür sitzen sehen. Er war gerade vom Seehundsfang zurückgekehrt und hatte die Abwesenheit seiner Frau entdeckt. Sie war sehr erstaunt, trotz der großen Entfernung, alles so klar zu sehen.

Da sagte der Mann im Mond zu ihr: »Es wird jetzt bald eine Frau namens Ululiernang hereinkommen. Lache über nichts, was sie tun wird, sonst schneidet sie dir die Eingeweide heraus; sie ist ganz versessen auf solche Speise. Wenn du merkst, daß du dir das Lachen nicht verbeißen kannst, steck deine linke Hand unters Knie und streck sie dann aus mit allen Fingern, vom zweiten Glied an abgebogen, nur den Mittelfinger mußt du ausstrecken.« Kaum hatte er das gesagt, als auch schon Ululiernang herein kam. Sie trug eine flache Schüssel und ein Frauenmesser. Sie stellte beides hin und fing eine Menge Possen an. Sie nahm den Vorderlatz ihrer Jacke, rollte ihn zusammen und hielt ihn vor, als wollte sie sagen: »Weiche ja nicht von diesem Weg ab!« Und sie machte viele Luftsprünge, um die Frau zum Lachen zu bringen. Als die Besucherin sich schon nah daran fühlte, herauszulachen, zog sie die Hand unter dem Knie hervor und streckte sie gegen Ululiernang. Da sagte diese: »Ich habe große Angst vor diesem Bären.« Sie glaubte die Hand der Frau sehe genau wie eine Bärenpratze aus. Dann aßen der Mann und die Frau zu Mittag. Nach einiger Zeit sagte der Mann im Mond zur Frau, es wäre jetzt Zeit, auf die Erde zurückzugehen, »und sobald dein Kind geboren sein wird, wirst du ein Geräusch hören, als ob etwas heruntergefallen wäre. Du mußt dann hinausgehen und nachsehen, was es ist.« Dann brachte er sie zurück auf die Erde; zur Hütte ihres Mannes.

Ihr Mann erzählte ihr, wie unglücklich er sich gefühlt, als er bemerkt hatte, daß sie weggegangen war. Er hatte sie schon tot geglaubt. Dann erzählte sie ihrem Mann, was sich alles zugetragen hatte.

Nach einiger Zeit gebar sie das Kind. Es war ein Knabe. Ihr Gatte war wieder beim Seehundsfang und sie war allein. Da hörte sie etwas fallen und ging hinaus, um zu sehen, was es sei. Sie fand einen Renntier-Schinken, den sie in die Hütte nahm. Am Abend kam ihr Gatte zurück und als er das Renntierfleisch sah, fragte er, woher sie das bekommen hätte. Sie erzählte, daß es vom Himmel gefallen sei: »Es ist vom Mann im Mond, der versprochen hat, mir etwas zu schicken.« Als nach einiger Zeit alles Fleisch aufgegessen war, ging der Mann wieder auf Seehunde aus. Die Frau hatte kein Fett für ihre Lampe. Auf einmal sah sie Fett heruntertropfen, zuerst in die eine, dann in die andere Lampe. Als die Lampen voll waren, rief sie: »Das ist genug!« Sie wußte, daß auch das ein Geschenk vom Mann im Mond war. Abends kam ihr Mann zurück. Er war erstaunt, als er das Öl sah und fragte, woher es komme. Sie erzählte: »Die Lampen haben sich selbst gefüllt und wie ich sah, daß genug Fett da war, sagte ich ›halt‹!«

Den nächsten Tag ging der Gatte wieder hinaus Seehunde jagen. In seiner Abwesenheit hörte die Frau wieder etwas fallen und als sie hinausging, fand sie wieder einen Renntierschinken. Am Abend kam der Mann zurück und hatte einen Seehund erlegt. Er fragte: »Hast du noch Renntierfleisch?« »Ja!« erwiderte sie, »der Mann im Mond hat mir wieder welches gegeben.« Abends sah dann der Mann, wie sich die Lampen mit Öl füllten.

Als er am nächsten Tag wieder auf der Seehundsjagd war, erbeutete er einen anderen Seehund und brachte ihn nach Hause. Während er ihn zerlegte, sagte er zu seiner Frau: »Hier ist doch genug Seehundsfleisch, warum ißt du nicht davon? Ich selbst habs ja erlegt.« Die Frau hatte bisher nur Renntierfleisch gegessen, das ihr der Mann vom Mond gegeben hatte; jetzt verzehrte sie etwas vom Seehund ihres Mannes. Von dieser Zeit an fiel nie mehr Renntierfleisch vom Himmel und ihre Lampen füllten sich nicht mehr mit Fett. Bald wurde sie krank. Das Renntierfleisch war aus und sie starb. Auch ihr Kind starb. Der Übergang von Renntierfleisch zu Seehundsfleisch, während das Kind noch so klein war, war so schädlich gewesen, daß er den Tod des Kindes verursacht hatte.

28. Der Riese

In einer dunklen Winternacht lief eine Frau durch das Dorf Nikh-tua und hinaus in die verschneite Tundra. Sie floh vor ihrem Mann, dessen Grausamkeit ihr unerträglich geworden war. Die ganze Nacht hindurch und noch viele Tage wanderte sie nordwärts und machte um die Dörfer, in deren Nähe sie kam, einen Bogen, aus Furcht, entdeckt zu werden. Schließlich hatte sie schon alle Anzeichen menschlichen Lebens hinter sich und die Kälte wurde ärger und ärger. Ihr geringer Mundvorrat war verbraucht und um den Hunger zu stillen, begann sie Schnee zu essen. Eines Tags, als es schon Nacht wurde, war sie an einen so windigen Ort gekommen, daß sie gezwungen war, weiterzugehen. Schließlich sah sie etwas wie einen Hügel mit fünf Buckeln auf seinem Rücken vor sich, als sie näherkam, sah sie, daß er einem sehr großen Menschenfuß ähnelte. Nachdem sie den Schnee zwischen zwei Erhöhungen, die wie ungeheure Zehen aussahen, weggefegt, fand sie es warm und bequem da und schlief bis zum Morgen, wo sie dann aufbrach und bis zu einer vereinzelten Erhebung, die in der verschneiten Ebene erschien, weiterging. Diese erreichte sie bei Einbruch der Nacht und bemerkte, daß sie wie ein großes Knie geformt war. Sie fand einen geschützten Platz und blieb da, bis sie Morgens weiterging. Diesen Abend schützte sie für die Nacht ein Hügel, der einem großen Schenkel glich. Die nächste Nacht fand sie in einer runden, grubenartigen Vertiefung, um die herum verstreut Sträucher wuchsen, Schutz; als sie Morgens diesen Ort verließ, erschien er ihr wie ein großer Nabel.

Die nächste Nacht schlief sie in der Nähe zweier, wie enorme Brustmuskeln aussehender Hügel; die folgende Nacht fand sie eine geschützte, geräumige Höhlung, in der sie schlief. Als sie morgens gerade daran war von hier aufzubrechen, glaubte sie aus der Gegend, wo sie ihre Füße hatte, eine mächtige Stimme zu vernehmen: »Wer bist du? Was hat dich zu mir getrieben, zu dem menschliche Wesen niemals kommen?« Sie war sehr erschrocken, brachte es aber doch zustande, ihre traurige Geschichte zu erzählen und daraufhin sprach die Stimme wieder: »Gut, du kannst hier bleiben, aber du darfst nicht mehr in der Nähe meines Mundes oder meiner Lippen schlafen, denn wenn ich dich anhauchte, so würde ich dich wegblasen. Du mußt hungrig sein. Ich will dir etwas zu Essen verschaffen.«

Während sie wartete, fiel ihr plötzlich ein, daß sie fünf Tage über den Körper des Riesen Kin-äk gewandert war. Nun wurde der Himmel plötzlich finster und eine große schwarze Wolke kam langsam auf sie zu; wie sie näher war, sah sie, daß es die Hand des Riesen war, welche sich öffnete und ein frisch getötetes Renntier fallen ließ und die Stimme sagte ihr, sie solle davon essen. Rasch brach sie einiges Strauchholz, das überall herumwuchs, machte Feuer und aß gierig das gebratene Fleisch. Der Riese sagte wieder: »Ich weiß, du willst einen Platz, wo du bleiben kannst und da ist es am besten für dich, in meinen Bart zu gehen, dort, wo er am dichtesten wächst, maßen ich jetzt Atem holen will, um den angesammelten Reif, der mich quält, aus meinen Lungen zu bringen; geh also schnell!«

Sie hatte gerade noch Zeit in den Bart des Riesen hinunterzusteigen, als ein fürchterlicher Sturmwind über ihren Kopf dahinbrauste, begleitet von einem blendenden Schneesturm, der aber, nachdem er sich über die Tundra ausgebreitet, so rasch aufhörte, als er begonnen und mit einemmal wurde der Himmel wieder hell.

Den andern Tag sagte ihr Kin-äk, sie solle sich einen guten Platz suchen und aus seinen Barthaaren eine Hütte bauen. Sie sah sich um und wählte unweit seines Nasenloches, auf der linken Seite der Nase, eine Stelle und baute aus seinen Schnurrbarthaaren ihre Hütte. Hier lebte sie lange Zeit; der Riese half ihren Nöten ab, indem er seine große Hand ausstreckte und Renntiere und Seehunde oder was sie sonst immer zur Nahrung wollte, erbeutete. Aus Wolfsfellen, Fellen von braunen Vielfraßen und anderen befellten Tieren, die er für sie fing, machte sie sich selbst nette Kleider und bald hatte sie einen großen Vorrat von Fellen und Pelzen zurückgelegt.

Kin-äk fand mit der Zeit, daß sein Schnurrbart schütter werde, da sie die Haare als Feuerholz verwandte und er verbot ihr fürder, welche zu nehmen, aber er sagte, sie könne von den Haaren nehmen, die an der Seite des Gesichts wuchsen, wenn sie noch welche brauche. Lange Zeit verging so.

Eines Tages fragte sie Kin-äk, ob sie nicht nach Hause gehen wolle. »Ja«, sagte sie, »nur fürchte ich, mein Mann wird mich wieder schlagen und ich werde niemand haben, der mich beschützen wird.«

»Ich will dich beschützen«, sagte er. »Geh, schneide die Ohrspitzen von allen Fellen, die du hast, ab und gib sie in einen Korb. Dann setz dich selbst vor meinen Mund und wenn du einmal in Gefahr sein solltest, vergiß nicht zu rufen: »Kin-äk, Kin-äk, komm zu mir« und ich werde dich beschützen. Geh jetzt und tu, wie ich dir gesagt habe. Es ist Zeit. Ich bin schon müde, so lange an einem Platz zu liegen und will mich umdrehen, und wenn du dann hier wärest, würdest du zerquetscht werden.« Dann tat die Frau, wie ihr gesagt worden und kauerte sich vor seinen Mund.

Auf einmal erhob sich ein Wind und Schneewehen und die Frau fühlte sich davongehoben bis sie schläfrig wurde und die Augen schloß; als sie erwachte, war sie in der Gegend der Häuser von Nikh-tua, konnte aber nicht glauben, daß dem so sei, bis sie das gewohnte Geheul der Hunde hörte. Sie wartete den Abend ab und ging dann, nachdem sie den Korb mit den Ohrspitzen ins Vorhaus gestellt, in das Haus des Gatten. Der hatte sie schon lange als tot betrauert und seine Freude über ihre Rückkehr war sehr groß. Dann erzählte sie ihre Geschichte und ihr Mann versprach, sie nie mehr schlecht zu behandeln. Als er den nächsten Tag durch sein Vorhaus ging, war er sehr erstaunt, es mit wertvollen Pelzen angefüllt zu finden; es hatte sich jede Ohrspitze, die seine Frau gebracht, über Nacht in ein ganzes Fell verwandelt.

Diese Felle machten ihn sehr reich und er wurde infolgedessen einer der Häuptlinge des Dorfes. Nach einiger Zeit aber fühlte er sich unglücklich, denn er hatte keine Kinder und sprach daher zu seiner Frau: »Was wird mit uns sein, wenn wir alt und schwach sind und niemand haben, der für uns sorgt? Ja, wenn wir nur einen Sohn hätten!« Eines Tages hieß er seine Frau sich sorgfältig zu baden; dann tauchte er eine Feder in Öl und zeichnete damit die Gestalt eines Knaben auf ihren Bauch. Nach der bestimmten Zeit gebar sie einen Sohn und sie waren sehr glücklich. Der Knabe wuchs rasch auf und zeichnete sich vor allen Kameraden durch Stärke, Gewandtheit und als guter Schütze aus. Zur Erinnerung an den Riesen wurde er Kin-äk genannt. Schließlich wurde der Gatte dann aber doch wieder unfreundlich und mürrisch wie früher und eines Tages gar so aufgebracht, daß er einen Stock nahm, um seine Frau zu schlagen. Sie lief aus Angst aus dem Haus, glitt aber draußen aus und fiel; und wie ihr Mann dicht an ihr war, erinnerte sie sich des Riesen und rief: »Kin-äk! Kin-äk! komm zu mir.« Sie hatte diese Worte kaum gesprochen, als ein fürchterlicher Windstoß über sie wegblies und den Mann wegfegte, daß er nie mehr gesehen wurde.

Jahre vergingen und Jung-Kin-äk wuchs zu einem schönen, starken jungen Mann heran, wurde ein sehr erfolgreicher Jäger, hatte aber ein wildes und grausames Temperament. Eines Abends kam er nach Hause und erzählte seiner Mutter, daß er mit zweien seiner Gefährten Streit gehabt und beide getötet habe. Seine Mutter machte ihm Vorwürfe, indem sie ihn an die Gefahren der Blutrache seitens der Verwandten der Ermordeten erinnerte. Eine Zeit verstrich und die Sache schien vergessen.

Wieder einmal kam Kin-äk damit nach Hause, daß er einen Genossen getötet habe. Seither hatte er alle paar Tage mit jemand Streit, was immer damit endete, daß er ihn erschlug. Schließlich hatte er so viel Leute erschlagen, daß seine Mutter ihm nicht länger erlauben wollte, mit ihr zu leben. Er schien aber darüber sehr erstaunt und sagte: »Bist du denn nicht meine Mutter? Wie kannst du mich so behandeln?«

»Ja«, sagte sie, »ich bin deine Mutter, aber dein Ungestüm hat es so weit gebracht alle unsere Freunde umzubringen, oder zu vertreiben. Jeder haßt und fürchtet dich und bald wird niemand, außer alten Weibern und Kindern im Dorf leben. Geh weg! Verlaß diesen Ort, das wird für uns alle besser sein.«

Kin-äk sagte nichts, sondern jagte eine Zeitlang unausgesetzt, bis er seiner Mutter Vorhaus mit Fleisch und Pelzen angefüllt hatte. Dann ging er zu ihr und sagte: »Jetzt habe ich dich mit Nahrung und Pelzen versehen, wie meine Pflicht war, ich bin bereit, dich zu verlassen« und ging weg.

Zufällig schlug er die gleiche Richtung ein, die seine Mutter auf ihrer Flucht gegangen war und kam schließlich zum Kopf des Riesen. Als der Riese erfuhr, daß er der Sohn jener Frau sei, die bei ihm gewesen, erlaubte er dem jungen Mann dazubleiben, sagte ihm aber, er solle ja nie an seine Lippen kommen, denn wenn er das wage, werde ihm etwas Böses zustoßen. Einige Zeit lebte Kin-äk da ganz ruhig, aber zuletzt fiel ihm doch ein zu den Lippen des Riesen zu gehen und zu sehen, was denn dort wäre. Nach einem guten Stück harter Arbeit durch das Bartdickicht auf des Riesen Kinn, erreichte er den Mund. Im Augenblick, da er über die Lippen schritt und zur Öffnung zwischen ihnen gelangte, blies ein mächtiger Windstoß heraus, wirbelte ihn in die Luft und er ward nicht mehr gesehen.

Der Riese lebt noch immer im Norden, obwohl bis auf den heutigen Tag seit jener Zeit niemand dort war. Aber wenn er atmet, geben die wilden, schneeigen Nordstürme des Winters von seinem Dasein Kunde.

29. Der seltsame Knabe

In einem Dorf, weit im Norden, lebte ein Mann mit Frau und Kind; das war ein Sohn. Dieser Knabe war ganz anders als die anderen: wenn die Dorfkinder herumliefen, schrien und miteinander spielten, saß er still und gedankenvoll am Dach des Hauses und niemals aß er oder trank er etwas anderes, als was seine Mutter ihm gab.

Die Jahre verstrichen und er wurde mannbar, aber seine Gewohnheiten waren noch immer die gleichen geblieben. Seine Mutter nähte ihm nun ein Paar Fellschuhe mit sehr dicken Sohlen, einen doppelten wasserdichten Anzug, und noch einen aus den Fellen einjähriger Renntiere. Täglich saß er am Hausdach, ging am Abend hinein essen und schlief bis zum nächsten frühen Morgen, ging dann wieder aufs Dach zurück und erwartete den Tagesanbruch.

Eines Tages aber ging er, nachdem die Sonne aufgegangen war, wieder nach Hause und fand seine neuen Kleider fertig. Er versah sich mit Lebensmitteln, zog die neuen Kleider an und erklärte dann seiner Mutter, daß er auf eine Reise nach Norden gehe. Seine Mutter weinte bitterlich und bat ihn, doch nicht dorthin zu gehen, denn keiner von denen, die nach dem hohen Norden gegangen, sei jemals zurückgekehrt. Er beachtete das aber nicht, sondern nahm seinen Bärenspieß, verabschiedete sich und ging fort; die Eltern ließ er weinend und ohne alle Hoffnung auf seine jemalige Heimkehr zurück, obwohl sie ihn sehr liebten und seine Mutter ihm ausdrücklich gesagt hatte, daß noch keiner ihres Dorfes, der nach Norden gegangen, je wiedergekommen wäre.

Der junge Mann wanderte weit und erreichte, als es Abend wurde, eine Hütte, aus deren Dachluke Rauch aufstieg. Er zog nun den wasserdichten Anzug aus, legte ihn vor den Eingang und kroch dann behutsam aufs Dach und blickte durch den Rauchabzug. In der Mitte des Raumes brannte ein Feuer und eine alte Frau saß am Platz des Hausvaters, während ein alter Mann, der gerade vor ihr saß, Pfeile schnitzte. Während der junge Mann noch am Dach lag, rief der Alte ohne seinen Kopf emporzuheben: »Warum liegst du da draußen? Komm doch herein!« Der Junge glaubte sich entdeckt, obwohl der Alte gar nicht aufgesehen hatte, erhob sich und ging hinein. Als er eintrat begrüßte ihn der Mann und fragte, warum er nach Norden auf die Suche nach einem Weib gehe und fuhr dann fort: »Es sind dort viele Gefahren, du tätest besser daran, umzukehren; ich bin der Bruder deines Vaters und meine es gut mit dir. Weiter hinaus zu sind

die Leute sehr schlecht und wenn du weitergehst, wirst du nie zurückkommen.«

Der junge Mann war sehr erstaunt, den Zweck seiner Reise zu hören, da er ihn nicht einmal seinen Eltern verraten hatte. Nachdem er
hier etwas gegessen, schlief er bis zum nächsten Morgen und schickte
sich dann an, weiter zu gehen. Der alte Mann gab ihm ein kleines
schwarzes Ding, das mit etwas gelbem, wie ein Eidotter, gefüllt war
und sagte dabei: »Wenn du unterwegs wenig zu essen haben wirst,
soll dich das stärken.« Der junge Mann schlang es mit einem Schluck
hinunter, fand es sehr schmackhaft, schöpfte tief Atem und sagte:
»Ah, jetzt fühle ich mich stark.« Dann nahm er seinen Speer und zog
los. Knapp vor Einbruch der Nacht kam er zu einer anderen einsamen
Hütte und als er hineinsah, bemerkte er wieder ein Feuer, eine alte
Frau an der einen Seite sitzend und gerade unter sich einen Mann,
der Pfeile schnitzte. Wieder rief der alte Mann, ohne den Kopf zu
heben hinaus und fragte, warum er nicht hereinkomme, sondern
draußen stehe. Wieder war er erstaunt den Zweck seiner Reise zu
vernehmen und abermals wurde er gewarnt weiterzuziehen. Auf all
das aber achtete der Jüngling nicht, sondern aß und schlief da, wie
tags zuvor. Als er am Morgen bereit war aufzubrechen, sah der alte
Mann ein, daß er ihn nicht zurückhalten könne und so gab er ihm
ein kleines, rein-weißes Ding und bedeutete dem Wanderer, er werde
unterwegs nicht viel zu essen bekommen und dies werde ihm helfen.
Auch dies Ding schluckte der Jüngling auf einmal hinunter, fand es
aber nicht so kräftigend, wie das Ding, das er am vorigen Morgen
genossen hatte. Der alte Mann gab ihm noch den Rat, wenn er unterwegs etwas hören sollte, was ihn erschrecke, das zu tun, was ihm zuerst
einfalle.

»Niemand würde, wenn mir etwas zustößt, um mich weinen«,
sagte der Wanderer und zog, den Speer in der Hand, davon. Ungefähr
um die Mittagszeit gelangte er in der Nähe der Küste an einen großen
Teich und umging ihn auf der Landseite. Als er schon ein Stück dieses
Umwegs hinter sich hatte, hörte er ein entsetzliches Gebrüll, wie
Donnerschläge; aber so laut war es, daß ihm ganz schwindlig wurde
und er für einen Augenblick gar nichts von seiner Umgebung bemerkte. Er lief vorwärts, aber der fürchterliche Lärm wiederholte sich alle

Augenblicke, so daß er jedesmal stolperte, schwindlig wurde und ganz nahe der Ohnmacht war; er hielt es aber doch aus. Der Lärm nahm zu und schien mit jedem Schrei näher zu kommen, bis er dicht an seiner Seite ertönte. Er sah in die Richtung, aus der er herkam und bemerkte einen großen Korb aus Weidenruten durch die Luft auf sich zufliegen; von dem rührte der entsetzliche Lärm her.

Der Wanderer sprang in eine nahgelegene Erdhöhle, als ein fürchterlicher Krach die Erde erschütterte und er bewußtlos wurde. Einige Zeit, während der Korb sich herum bewegte, als suche er ihn und fürchterliche Laute von sich gab, lag er wie tot da. Als der Jüngling dann wieder zu sich kam, horchte er erst einige Zeit auf und da alles ruhig war, stieg er aus seinem Versteck und sah sich um. Ganz in der Nähe lag der Korb am Boden und eines Mannes Kopf und Schultern sahen oben heraus. Wie der Jüngling das sah, schrie er: »Auf was wartest du? Geh, sei nicht langweilig und mach mir einen anständigen Lärm, du!« Dann sprang er zurück in die Höhle und wurde von dem fürchterlichen Gebrüll aus dem Korb sofort wieder bewußtlos. Als er wieder genugsam zu sich gekommen war, stieg er heraus, konnte den Korb aber nirgends sehen. Da hob er beide Hände auf und rief Donner und Blitz an, ihm zu Hilfe zu kommen. Da kam auch der Korb gerade wieder heran, aber oben sah nur der Kopf des Mannes heraus. Nun hieß er Donner und Blitz auf den Korb losfahren und die machten ein derartiges Gekrach, daß dem Korb-Zauberer Angst und bange wurde und er zu Boden fiel.

Sobald der Donner aufhörte, begann der Korb sich zurückzuziehen; der Zauberer war schon fast tot vor Angst. Da rief der junge Mann: »Donner, verfolg ihn! Geh vor ihm und hinter ihm und erschrick ihn!« Der Donner tat so und der Korb flog davon, von Zeit zu Zeit zu Boden fallend. Dann ging der Wanderer weiter und erreichte in der Dämmerung ein Dorf. Wie er näher kam, lief ihm ein Knabe entgegen und sagte: »Wieso kommst du aus dieser Richtung hierher! Von der Seite ist noch nie jemand hergekommen, denn der Korbzauberer läßt kein lebendes Wesen am See vorbei, gar keins, nicht einmal eine Maus. Er bemerkt es immer, wenn irgend etwas diesen Weg daher kommt und geht ihm entgegen, um es umzubringen.«

»Ich habe nichts gesehen«, sagte der Wanderer. »Gut«, sagte der Knabe, »du bist ihm noch nicht entronnen, denn der Korbmann ist jetzt da und wird dich umbringen, wenn du nicht umkehrst.« Und als der Jüngling sich umsah, erhob sich ein großer Adler und flog auf ihn zu; der Knabe lief weg. Der Adler kam näher, erhob sich noch ein wenig und schoß dann auf ihn herab, um ihn mit seinen Klauen zu zerreißen. Wie er so herabkam, schlug sich der Jüngling mit der Hand auf die Brust und aus seinem Mund flog ein Geierfalke schnurstracks auf den Adler los, ihm zum Hinterleib hinein und beim Schnabel heraus und davon.

Dieser Geierfalke entstammte dem Stärkungsmittel, das der erste alte Mann dem Jüngling unterwegs gegeben hatte. Während der Geierfalke aus dem Adler herausflog, schloß dieser die Augen und schnappte nach Luft; diese Gelegenheit benutzte der Jüngling, um zur Seite zu springen, so daß dort, wo er gerade gestanden, des Adlers Klauen in den Boden griffen. Wieder erhob sich der Adler und stieß herab und wieder schlug sich der junge Mann mit der Hand auf die Brust und ein Hermelin sprang aus seinem Mund, fuhr wie ein Blitz dem Adler unter die Flügel und fast im gleichen Augenblick hatte er sich schon zweimal durch den Leib des Vogels hin und her hindurchgefressen, so daß dieser tot niederfiel, worauf der Hermelin verschwand. Dieser Hermelin entstammte dem Geschenk des anderen alten Mannes, bei dem der Wanderer gerastet hatte.

Nachdem nun der Adler gefallen war, begab sich der Jüngling zum Haus des Zauberers und der Knabe schrie ihn an: »Geh nicht dorthin, du wirst umgebracht werden!« Daraufhin entgegnete ihm der Wanderer: »Ich habe keine Angst, ich will das Weib dort drinnen sehen und ich muß jetzt hingehen, denn ich bin wütend und wenn ich bis morgen warte, wird mein Ärger verflogen sein und ich werde nicht so stark sein wie jetzt.« »Du tätest besser daran, bis morgen zu warten«, sagte der Knabe, »denn es bewachen zwei Bären den Eingang und die werden dich sicherlich umbringen. Aber wenn du durchaus willst, so geh und laß dich umbringen. Ich wollte dich nur retten und will nun nichts mehr mit dir zu tun haben.« Und ärgerlich ging der Knabe ins Haus zurück. Der Jüngling ging nun zum Haus und bemerkte, als er in den Eingangsflur hineinsah, dort einen großen weißen

Bären schlafend liegen. Er schrie ihn an: »Ah, Weißbär!« worauf dieser aufsprang und auf ihn zulief. Der junge Mann sprang nun auf die Decke des Eingangsflurs und als der Bär hinter ihm herauslief, stieß er ihm seinen Speer ins Hirn, daß er tot zusammenbrach. Den Körper wälzte er nun beiseite, sah wieder hinein und erblickte einen roten Bären dort liegen. Wieder rief er: »Ah, Rotbär!« Der rote Bär rannte ihm nach und er sprang wieder auf seinen vorigen Platz. Als der rote Bär draußen war, schlug er mit seiner Vorderpratze nach ihm; da packte der Jüngling die Pratze mit der Hand und schwang den Bären über seinem Kopf und schlug ihn gegen den Boden, bis nichts mehr von ihm übrig war, als die linke Pratze. Die warf er weg und ging nun ohne weitere Schwierigkeiten ins Haus. An der einen Hauswand saß ein alter Mann und eine alte Frau und an der gegenüberliegenden, ein schönes junges Weib, dessen Antlitz er in seinen Träumen gesehen hatte und die der Anlaß zu seiner langen Fahrt gewesen war. Sie weinte, als er hereinkam; er ging auf sie zu, setzte sich neben sie und sagte: »Warum weinst du? Was hast du verloren, daß du danach weinst?« Sie antwortete: »Du hast meinen Mann umgebracht, aber deswegen bin ich nicht traurig, denn er war ein schlechter Mann. Aber du hast auch die beiden Bären getötet, die meine Brüder waren und um die traure und weine ich.« »Weine nicht«, sagte er, »denn ich will dein Gatte sein.« Er blieb nun eine Zeitlang da, nahm dieses Weib zu seiner Frau und lebte in dem Haus zusammen mit ihren Eltern. Jede vierte Nacht schlief er im Festhaus und die übrige Zeit zu Hause.

Nachdem er einige Zeit hier gelebt hatte, fiel ihm auf, daß seine Frau und ihre Eltern immer trauriger wurden und sehr oft weinten. Dann sah er Dinge vor sich gehen, die ihn glauben machten, sie sännen darauf ihm etwas anzutun. Als er sich hierüber Gewißheit verschafft hatte, ging er eines Tags nach Hause, legte seiner Frau die Hand auf die Stirne, drehte ihr Gesicht zu sich herum und sagte: »Ihr wollt mich umbringen, du treuloses Weib; zur Strafe sollst du sterben!« Dann nahm er sein Messer und schnitt ihr den Hals durch. Traurig ging er nun zurück in sein Heimatsdorf, wo er nachdem die Erinnerung an sein treuloses Weib verblaßt war, wie früher, bei seinen Eltern lebte. Er nahm aus den Jungfrauen des Dorfes eine zur Frau und verlebte mit ihr glücklich den Rest seiner Tage.

30. Das Land der Finsternis

Vor langer Zeit lebte auf der Insel Aziak ein Mann mit seiner Frau und seinem kleinen Sohn. Der Mann liebte seine Frau sehr, war aber so eifersüchtig auf sie, daß er sie sehr oft ohne Grund schlecht behandelte. Nach einiger Zeit wurde die Frau so unglücklich, daß sie lieber sterben, als noch länger mit ihm zusammenleben wollte. Sie ging zu ihrer Mutter, die in der Nähe lebte und trug ihr ihren ganzen Kummer vor. Die alte Frau hörte die Klagen an und gab dann der Tochter den Rat, ein Seehundsfell zu nehmen und es mit der Losung von drei Schneehühnern und drei Füchsen einzureiben; dann sollte sie eine Holzschüssel mit Speisen füllen, das Kind auf den Rücken nehmen und zu ihrem Mann zurückgehen; es werde vielleicht alles wieder gut werden.

Sie tat, wie ihr geraten war und ging dann an die Küste hinunter, ihrem Mann entgegen. Als er in Rufweite kam, fing er wieder, wie gewöhnlich, an, sie zu schmähen und zu beschimpfen und befahl ihr, sofort nach Hause zu gehen; sowie er heimkomme, werde er sie prügeln. Als das arme Weib das hörte, lief sie an den steilen Rand des überhängenden Ufers und warf ihr Seehundsfell ins Wasser, gerade als ihr Mann seinen Kajak an den Strand zog, und sprang ihm nach. Der Mann sah dem erschrocken zu und lief schnell auf einen Hügel, um zu sehen, was mit seiner Frau geschehen sei. Er sah sie auf dem ausgebreiteten Seehundsfell, das an jeder Ecke von einer Blase getragen wurde, sitzen und rasch von der Küste wegtreiben. Als die Frau ins Meer gesprungen war, hatte sich das Seehundsfell ausgebreitet und an jedem Ende war ein Schwimmer erschienen; es fing sie auf und hielt sie unversehrt an der Oberfläche. Gleich darauf begann sie fortzutreiben, ein Sturm erhob sich und die Nacht brachte sie ihrem Mann außer Sicht. Der ging schimpfend nach Hause und machte alle, nur nicht sich selbst, für seinen Verlust verantwortlich.

Weiter und weiter trieb die Frau auf dem Zauberfell und mehrere Tage hindurch war kein Land zu sehen. Sie hatte schon ihren ganzen Mundvorrat verbraucht und trieb noch immer weiter, bis sie in ununterbrochene Nacht hineinkam. Nach einiger Zeit war sie dann so erschöpft, daß sie einschlief. Dann weckten sie einige heftige Stöße und sie konnte die Brandung an einer steinigen Küste hören. Sie vergegenwärtigte sich ihre Lage und fing an, ihre Rettung zu bedenken. Sie stieg von ihrem Seehundsfell herunter und bemerkte mit Freuden, daß sie auf einem Grund aus lauter kleinen, runden Dingern stand, in dem ihr Fuß bei jedem Schritt tiefer sank. Die runden Dinger machten sie stutzig, sodaß sie stehen blieb und zwei Hände voll davon aufhob und in ihre Eßschüssel legte; dann ging sie in tiefer Finsternis langsam weiter. Sie war noch nicht weit gegangen, da stieß sie auf ein Haus. Sie tastete sich die Wände entlang, fand den Eingang und trat ein. Der Eingangsflur war von einer Fettlampe matt erhellt, sodaß man an der einen Wand viele aufgestapelte Renntierfelle erkennen konnte; an der anderen lagen Fleischstücke und Schläuche mit Wal- und Seehundsfett. Als sie den Innenraum betrat, brannten da zwei Lampen, je eine an einer Seite des Raumes; es war aber niemand drinnen. Über einer der Lampen hing ein Stück Seehundsspeck und über der anderen ein Stück Renntierspeck; von diesen tropfte das Fett herab und unterhielt die Flammen. In einer Ecke war eine Bettstatt aus Renntierfellen.

Sie ging also da hinein, setzte sich nieder und wartete, was nun geschehen werde. Endlich hörte sie ein Geräusch im Eingang und ein Mann sagte: »Ich wittere fremde Menschen.« Dann kam er herein und die Frau erschrak sehr, denn seine Hände und sein Gesicht waren kohlschwarz. Er sagte nichts, sondern ging durch den Raum, geradewegs auf sein Bett zu; dort entblößte er seinen Oberkörper, nahm einen Wassereimer und wusch sich. Als die Frau sah, daß seine Brust so weiß wie ihre eigene war, atmete sie erleichtert auf. Als sie so dasaß, sah sie, wie von einer unsichtbaren Person plötzlich eine Schüssel mit gekochtem Fleisch hereingestellt wurde; der Mann legte zuerst seinem Gast vor und nahm dann selbst sein Mahl ein. Als sie gegessen hatten, fragte er, wie sie hergekommen und sie erzählte ihm ihre Geschichte. Er sagte, sie solle sich nicht unglücklich fühlen, ging hinaus und brachte einige Renntierfelle herein, damit sie daraus für sich und ihr Kind, das sie die ganze Zeit über unversehrt am Rücken getragen hatte, Kleider mache. Als sie einwandte, sie habe keine Nadel, brachte er ihr eine kupferne, die ihr sehr gut gefiel, denn bis dahin hatte sie nur beinerne gesehen.

Einige Zeit lebten sie nun so dahin, bis ihr der Mann erklärte, daß es doch besser für sie wäre, statt so allein weiterzuleben, seine Frau zu werden. Sie willigte ein. Der Gemahl verbot ihr dann noch, aus dem Haus zu gehen und sie lebten beschaulich zusammen.

Als ihr kleiner Bub eines Tages herumspielte, schrie er plötzlich vor Vergnügen auf, und wie sie sich nach ihm umwandte, bemerkte sie, daß er die Dinger ausgestreut hatte, die sie in ihre Schüssel getan, als sie die Küste betreten hatte. Es waren große schöne, blaue Perlen.

Nach einiger Zeit gebar sie einen hübschen Knaben, in den ihr Mann ganz vernarrt war und er versicherte ihr, er werde zu ihm sehr zärtlich sein. So lebten sie mehrere Jahre und mit der Zeit wuchs der Knabe, den sie mitgebracht hatte, zum Jüngling heran. Sein Pflegevater machte ihm Bogen und Pfeile und nachdem der Junge einige Vögel damit getötet hatte, erlaubte er ihm, ihn bei der Jagd zu begleiten. Eines Tages tötete der Junge zwei Hasen und brachte sie nach Hause; sie waren wie alle Vögel und Tiere dieses Landes ganz schwarz. Sie wurden abgezogen, ausgenommen und kurz darauf frisch gekocht, noch dampfend, wie es immer mit den Speisen geschah, in einer Holzschüssel zur Tür hereingestellt. Diesmal bemerkte die Frau zum erstenmal, daß zwei Hände die Schüssel hereinstellten.

Das ging ihr im Kopf herum, bis sie Verdacht schöpfte, ihr Gemahl sei ihr nicht ganz treu; sie bemerkte, daß irgend etwas sie beunruhige und fragte den Mann, was das sei. Er setzte sich nieder und dachte kurz nach; dann fragte er, ob sie nicht zu ihren Freunden zurück wollte. Sie entgegnete, es sei unnütz, etwas zu wünschen, was sie nicht tun könne. Darauf sagte er: »Gut, höre also meine Geschichte: Ich bin aus Unalaklit, wo ich eine schöne Frau hatte, die ich sehr liebte. Sie war aber von schlimmer Gemütsart und plagte mich so, daß ich mutlos und verzweifelt wurde. Ich war früher ein guter und erfolgreicher Jäger und konnte nun nichts mehr erreichen. Eines Tages paddelte ich in meinem Kajak weit aufs Meer hinaus, voll trüber Gedanken. Da überraschte mich ein Sturm und ich konnte die Küste nicht mehr erreichen. Der starke Wind trieb mein Kajak so fürchterlich durchs Wasser, daß ich schließlich die Besinnung verlor und mich nun an nichts mehr erinnern kann, als daß ich mich schließlich zerschlagen und lahm an der Küste fand, wo auch du angeworfen wurdest. Neben mir war eine Schüssel mit Speisen, die irgend jemand dahin gestellt haben muß und ich machte mich auf den Weg, um die Leute zu suchen, konnte aber niemand finden. So oft ich hungrig war, wurden Speisen hingestellt und meine Wünsche befriedigt, aber undurchdringliches Dunkel verbarg mir alles. Ich konnte keine Menschen finden. Als sich meine Augen an die ewige Finsternis gewöhnt hatten, so daß ich ein wenig sehen konnte, baute ich dies Haus und lebte von da an hier und der Geist, den du gesehen, bringt mir Nahrung und sorgt für mich. Dieser Geist hat für gewöhnlich die Gestalt eines großen Galertfisches und so oft ich auf die Jagd gehe, sichert mir dieses Wesen meine Beute. Ich gewöhnte mich mit der Zeit an die Finsternis, aber weil ich ihr immer ausgesetzt bin, sind meine Hände und mein Gesicht so schwarz geworden, wie du siehst und das ist auch der Grund, warum ich dir befohlen habe, das Haus nicht zu verlassen.«

Dann befal ihr der Gatte, ihm zu folgen und er führte sie in den Eingangsflur des Speichers, der voll von Fellen war, und öffnete dann eine andere Tür zu einem Raum, der mit schönen Pelzen seltenster Art angefüllt war. Er trug ihr nun auf, die Ohrspitzen dieser Felle zu nehmen und sie zusammen mit den Perlen, die sie an der Küste gefunden, in die Schüssel zu legen; sie tat das alles. Dann sagte der Mann: »Du willst dein altes Heim sehen und ich will auch meine alten Freunde sehen und so wollen wir uns also trennen. Nimm deinen Buben auf den Rücken, schließ die Augen und mach vier Schritte!« Sie tat so, wie er ihr befohlen und als sie die Augen öffnete, mußte sie sie gleich wieder schließen, denn sie war vom hellen Sonnenschein ganz geblendet. Als sich ihre Augen an das Licht gewöhnt hatten, blickte sie herum und war sehr erstaunt, ganz in der Nähe ihr altes Heim zu sehen. Sie ging gleich zur Vorratskammer ihrer Mutter und stellte dort die Schüssel mit den Ohrspitzen und den Perlen, die sie mitgebracht hatte, nieder. Dann trat sie ins Haus und wurde freudig empfangen. Die Neuigkeit ihrer Ankunft verbreitete sich rasch im ganzen Dorf. Bald kam auch ihr früherer Gatte und voll Mitleid sah sie, daß seine Augen vom vielen Weinen, um sie, ganz rot waren. Er bat sie, ihm doch zu verzeihen, daß er früher gegen sie so mürrisch gewesen war und versprach, wenn sie wieder als seine Frau zu ihm zurückkehre, sie freundlich zu behandeln. Sie dachte lange darüber nach, willigte dann schließlich ein und lebte eine Zeitlang ganz zufrieden mit ihm. Mit der Zeit aber kamen seine alten Gewohnheiten wieder zum Vorschein und die Frau wurde unglücklich.

Ihr Sohn wurde ein junger Mann und die Mutter zeigte ihm die Perlen, die sie aus dem Land der Finsternis mitgebracht hatte und einen großen Haufen wertvolle Felle, denn jede Ohrspitze, die sie heimgebracht hatte, war inzwischen ein vollständiges Fell geworden. Das alles schenkte sie ihrem Sohn, ging dann fort und wurde von den ihrigen nie mehr gesehen. Ihr Sohn wurde später wegen seiner Erfolge als Jäger und seines Reichtums an Perlen und Pelzen, die ihm seine Mutter geschenkt hatte, der Häuptling des Dorfes.

31. Die entflohenen Weiber

Vor langer Zeit zankten sich zwei schwangere Frauen mit ihren Männern und verließen ihre Familien und Freunde, um allein zu leben. Nachdem sie weit gewandert waren, kamen sie an einen Platz, Igdluqdjuaq genannt, wo sie zu bleiben beschlossen. Es war Sommer als sie ankamen. Sie fanden viel Rasen und Torf und große Walrippen, die am Strande bleichten. Sie errichteten ein festes Gerüst aus Knochen und füllten die Zwischenräume mit Rasen und Torfstücken aus. So hatten sie bald ein gutes Haus, in dem sie leben konnten. Um Felle zu bekommen, machten sie Fallen, in denen sie genug Füchse fingen, um sich daraus Kleider zu machen. Manchmal fanden sie die Leichen gestrandeter Seehunde oder Wale, die an die Küste gespült waren; von diesen aßen sie das Fleisch und verbrannten den Speck. In der Nähe der Hütte war auch ein tiefer, schmaler Renntiersteig; über diesen spannten sie einen Strick, und wenn die Tiere vorübereilten, verwickelten sie sich darin und erwürgten sich selbst. Außerdem war noch ein Bach mit Fischen in der Nähe des Hauses und so waren sie mit reichlicher Nahrung versehen.

Im Winter kamen die Väter der Frauen auf der Suche nach den verlorenen Töchtern. Als diese den Schlitten herankommen sahen, fingen sie an zu schreien, daß sie durchaus nicht gesonnen seien zu ihren Gatten zurückzukehren. Die Männer waren froh sie wohlauf zu finden und nachdem sie zwei Nächte im Haus ihrer Töchter geblieben waren, kehrten sie heim, wo sie die ganz merkwürdige Geschichte erzählten, daß zwei Frauen, ohne jegliche männliche Gesellschaft allein leben und nie Mangel leiden.

Obwohl das schon vor langer Zeit geschehen, kann man das Haus noch sehen und daher ist der Ort auch Igdluqdjuaq – das reiche Haus – benannt.

32. Kiviung

Eine alte Frau lebte mit ihrem Enkel in einer kleinen Hütte. Sie war sehr arm, hatte weder einen Gatten noch einen Sohn, der für sie gesorgt hätte. Die Kleider des Knaben waren aus den Bälgen von Vögeln, die sie in Schlingen fingen. Wenn der Knabe aus der Hütte kam, lachten ihn die Männer aus und zupften an seinem Gewand herum. Nur ein Mann, der Kiviung hieß, war freundlich zu dem kleinen Knaben; aber vor den anderen konnte er ihn nicht schützen. Der Knabe kam oft schreiend und weinend zu seiner Großmutter, die ihn dann immer tröstete und ihm ein neues Gewand machte. Sie bat die Männer doch aufzuhören, den Knaben zu quälen und seine Gewänder zu zerreißen, aber die wollten nicht auf ihre Bitten hören. Schließlich wurde sie ärgerlich und schwur an seinen Lästerern Rache zu nehmen, was sie leicht tun könne, da sie eine große Zauberin sei.

Sie befal ihrem Enkel in eine Pfütze, die am Boden der Hütte war, hineinzusteigen und erklärte ihm, was dann geschehen werde und wie er sich benehmen sollte. Sobald der Knabe im Wasser stand, öffnete sich die Erde und er verschwand; im nächsten Augenblick aber stieg er nahe der Küste als ein einjähriger Seehund mit einem schönen Fell auf und schwamm munter herum.

Kaum hatten die Männer den Seehund gesehen, als sie auch schon ihre Kajaks bestiegen, um auf das schöne Tier Jagd zu machen. Der verwandelte Knabe aber schwamm, wie seine Großmutter ihm gesagt hatte, rasch weg und die Männer verfolgten ihn weiter. So oft er auftauchen mußte um zu atmen, suchte er hinter den Kajaks hervorzukommen, wo ihm die Männer mit ihren Harpunen nicht beikommen konnten. Dort spritzte und platschte er dann herum, um ihre Aufmerksamkeit auf sich zu lenken. Bevor aber einer seinen Kajak wenden konnte, war er wieder getaucht und schwamm davon. Die Männer waren so eifrig an der Verfolgung, daß sie gar nicht bemerkten, daß sie sich weit von der Küste entfernt hatten und das Land schon gar nicht mehr zu sehen war.

Plötzlich erhob sich ein Sturm; die See schäumte und brauste und die Wellen zerschlugen die schwachen Fahrzeuge oder warfen sie um. Nachdem alle ertrunken zu sein schienen, wurde der Seehund wieder in den Knaben zurückverwandelt, der, ohne seine Füße zu benetzen, nach Hause ging. Es war jetzt niemand mehr, der seine Kleider zerreißen konnte, alle seine Peiniger waren tot.

Nur Kiviung, der ein großer Zauberer war und den Knaben niemals mißhandelt hatte, war Wind und Wogen entkommen. Tapfer kämpfte er gegen die wilde See an, aber der Sturm nahm nicht ab. Nachdem er viele Tage auf der weiten See herumgetrieben, schien eine dunkle Masse durch den Nebel. Seine Hoffnung lebte wieder auf und er arbeitete hart um das vermutete Land zu erreichen. Je näher er kam, desto aufgeregter wurde aber die See und er sah jetzt, daß er ein wildes, schwarzes Meer mit rasenden Wirbeln für Land gehalten hatte. Er entkam gerade noch und trieb wieder viele Tage, aber der Sturm flaute nicht ab und er sah kein Land. Noch einmal sah er eine dunkle Masse durch den Nebel scheinen und hatte sich wieder getäuscht, denn es war ein anderer Wirbel, der die See zu riesenhaften Wogen aufpeitschte.

Schließlich beruhigte sich der Sturm, der Seegang legte sich und in großer Entfernung sah er das Land. Allmählich kam er näher und der Küste folgend, erspähte er endlich ein Steinhaus, aus dem ein Licht schimmerte. Er landete und betrat das Haus. Es war niemand darin, als eine alte Frau, die Arnaitiang hieß. Sie nahm ihn freundlich auf und auf seine Bitte hin zog sie ihm die Stiefel, Pantoffel und Strümpfe aus und trocknete sie auf dem Gestell, das über der Lampe hing. Dann ging sie hinaus, um Feuer anzufachen und ein gutes Mahl zu kochen.

Als die Strümpfe trocken waren, reckte sich Kiviung, um sie vom Gestell zu nehmen und anzuziehen, aber sowie er seine Hand danach ausstreckte, wich das Gestell seinem Griff aus. Nachdem er so mehrere Male ins Leere gegriffen, rief er Arnaitiang und bat sie ihm die Strümpfe zurückzugeben. Sie antwortete aber: »Nimm sie selbst; dort sind sie, sie sind ja dort!« und ging wieder hinaus. In Wirklichkeit war sie ein sehr böses Weib und wollte Kiviung verspeisen.

Er griff nochmals nach seinen Strümpfen, aber ohne besseren Erfolg. Er rief also wieder nach der Arnaitiang und bat sie ihm seine Stiefel und Strümpfe zu geben, worauf sie sagte: »Setz dich dorthin wo ich saß, als du in mein Haus tratst, dann kannst du sie erreichen.« Danach ging sie wieder hinaus. Kiviung griff nochmals, aber das Gestell hob sich wie früher und er konnte sie nicht erlangen.

Jetzt sah er ein, daß Arnaitiang auf Unheil sann; er rief also seinen Schutzgeist an, einen ungeheuren weißen Bären, der sich brüllend von unten her zum Boden des Hauses erhob. Zuerst hörte Arnaitiang nichts; als aber Kiviung fortfuhr ihn zu beschwören, kam der Geist näher und näher an die Oberfläche und als sie jetzt sein lautes Gebrüll hörte, bekam sie Angst und gab Kiviung was er verlangte. »Hier sind deine Stiefel«, schrie sie, »hier deine Pantoffel, hier deine Strümpfe; ich will dir helfen, zieh dich an.« Kiviung wollte aber nicht länger bei dieser schrecklichen Hexe bleiben, zog nicht einmal seine Stiefel an, sondern nahm sie nur von Arnaitiang und stürzte aus der Tür. Er war kaum draußen, als sie heftig zuschlug und seinen Rockzipfel einklemmte. Er eilte, ohne sich umzusehen, zu seinem Kajak und ruderte weg. Er war noch nicht weg, als Arnaitiang, die sich von ihrer Angst erholt hatte, ein blankes Frauenmesser schwingend, herauskam, um ihn zu töten. Er hätte fast Angst bekommen und beinahe wäre sein Kajak gekentert. Er arbeitete, um ihn wieder ins Gleichgewicht zu bringen, hob dabei seinen Speer und schrie: »Ich werde dich mit meinem Speer umbringen!« Als Arnaitiang diese Worte hörte, fiel sie vor Schreck nieder und zerbrach dabei ihr Messer. Kiviung bemerkte, daß es aus einer ganz dünnen Eisplatte bestand.

Er reiste, der Küste folgend, viele Tage und Nächte weiter. Schließlich kam er an eine Hütte, aus der wieder eine Lampe schien. Da seine Kleider naß waren und er selbst hungrig, landete er und betrat das Haus. Hier fand er eine Frau, die mit ihrer Tochter ganz allein lebte. Ihr Schwiegersohn war ein Treibholzklotz mit vier Ästen. Jeden Tag brachten sie ihn zur Ebbezeit an den Strand und wenn die Flut kam, schwamm er weg. In der Nacht kam er dann zurück mit acht großen Seehunden, immer zwei auf einen Ast gespießt. So versorgte der Baumstamm seine Frau, ihre Mutter und Kiviung reichlich mit Nahrung. Eines Tages aber, nachdem sie ihn wie gewöhnlich vom Stapel gelassen, verschwand er und kam nie mehr zurück.

Bald darauf heiratete Kiviung die junge Witwe. Jetzt ging er selbst jeden Tag Seehunde jagen und hatte viel Erfolg. Als er einmal einige Tage auszubleiben gedachte, war er besorgt einen genügenden Vorrat von Fäustlingen zu bekommen. Er gab also jeden Abend, wenn er von der Jagd heimkam, vor, seine Fäustlinge verloren zu haben. In Wirklichkeit hatte er sie in der Kapuze seines Mantels versteckt.

Nach einiger Zeit wurde die alte Frau auf ihre Tochter eifersüchtig, denn der neue Gatte war ein glänzender Jäger und sie wollte ihn selbst heiraten. Als er eines Tages auf der Jagd war, ermordete sie ihre Tochter und um ihn zu täuschen, zog sie sich die Pelze der Tochter selbst an, um sich in ein junges Weib zu verwandeln. Als Kiviung zurückkam, ging sie ihm, wie die Tochter zu tun pflegte, entgegen, ohne in ihm irgend einen Verdacht zu erregen. Als er aber in die Hütte trat und die Gebeine seiner Frau sah, bemerkte er auf einmal ihren grausamen Tod und den Betrug und floh davon.

Viele Tage und Nächte reiste er, immer der Küste folgend, weiter. Schließlich kam er wieder zu einer Hütte, wo ein Licht brannte. Da seine Kleider naß und er selbst hungrig war, landete er und ging hinauf zum Haus. Bevor er eintrat fiel ihm aber ein, daß es am besten wäre zuerst auszuforschen, wer drinnen sei. Er klomm zum Fenster hinauf und sah durch den Spalt. Am Bett saß drinnen eine alte Frau, die Aissiwang (Spinne). Als diese die dunkle Gestalt vor dem Fenster sah, glaubte sie, es wäre eine Wolke, die an der Sonne vorüberziehe und da die Beleuchtung für ihre Arbeit ungenügend war, wurde sie wütend, schnitt sich mit ihrem Messer die Augenbrauen ab und aß sie und achtete nicht einmal auf das tropfende Blut, sondern ließ es antrocknen. Als Kiviung das sah, war er überzeugt, daß sie ein sehr böses Weib sein müsse und zog fort.

Wieder reiste er Tage und Nächte. Endlich kam er in eine Gegend, die ihm bekannt schien und bald erkannte er seine Heimat. Er war sehr froh, als er einige Boote ihm entgegenkommen sah. Die waren auf einer Waljagd gewesen und zogen einen großen Leichnam zum Dorf. Am Bug des einen Bootes stand ein kräftiger junger Mann, der den Wal getötet hatte. Es war Kiviungs Sohn, den er als kleinen Jungen zurückgelassen hatte und der jetzt erwachsen und ein großer Jäger war. Seine Frau hatte einen anderen Mann genommen, kehrte jetzt aber zu Kiviung zurück.

33. Die einzige Frau

Vor langer Zeit lebten viele Leute im Nordland, aber es gab keine Frau unter ihnen. Man wußte nur von einem einzigen Weib, das weit im Süden lebte. Schließlich machte sich einer der jungen Männer im Norden auf und reiste gen Süden, bis er zum Haus der Frau kam, wo er blieb und bald ihr Mann wurde. Eines Tages saß er im Haus, dachte an die Heimat und sagte: »Ah, ich hab eine Frau und der Sohn des Häuptlings im Norden hat keine!« Und er gefiel sich sehr in Gedanken an sein gutes Geschick.

Indessen hatte sich der Häuptlingssohn auch daran gemacht, nach dem Süden zu reisen und während der Gatte gerade so zu sich sprach, stand der Häuptlingssohn am Hauseingang und belauschte ihn. Er wartete am Eingang, bis drinnen alle eingeschlafen, kroch dann ins Haus, packte die Frau bei den Schultern und wollte sie wegschleppen.

Wie er den Ausgang erreichte, bemerkte ihn der Gatte, der die Frau noch an den Füßen erwischte. Es kam zu einer Rauferei, welche damit endete, daß die Frau auseinandergerissen wurde. Der Dieb trug die obere Körperhälfte nach Hause ins Nordland, während der Gatte mit der unteren Hälfte seiner Frau zurückblieb. Jeder Mann saß nun und arbeitete, um die fehlenden Teile aus Holz zu schnitzen. Nachdem sie ergänzt waren, wurde ihnen Leben eingehaucht und so waren aus den Hälften einer Frau zwei Frauen gemacht.

Die Frau im Süden war allerdings eine schlechte Näherin, was sie der Plumpheit ihrer Holzfinger verdankte; dafür war sie eine gute Tänzerin. Die Frau im Norden war zwar in Näharbeiten gewandt, aber ihre hölzernen Beine machten sie zu einer sehr schwachen Tänzerin. Jede der Frauen vererbte an ihre Töchter diese Merkmale, sodaß noch heute dieser Unterschied zwischen den Frauen des Nordens und denen des Südens besteht – was beweist, daß die Geschichte wahr ist.

34. Die Geschichte vom Mann und seiner Fuchs-Frau

Ein Jäger, der ganz allein lebte, fand, als er nach einiger Abwesenheit zu seinem Lager zurückkam, daß ihn jemand besucht hatte und alles in Ordnung gebracht, wie es ein pflichtgetreues Weib tun soll. Das geschah so oft und ohne irgendwelche sichtbare Spuren, daß der Mann beschloß, dem nachzugehen, um zu sehen, wer denn eigentlich seine Kleider reinschabe, seine Stiefel zum Trocknen aushänge und gutes, warmes Essen koche, bevor er zurückkam. Eines Tags ging er weg, als ob er auf die Jagd ginge, versteckte sich aber so, daß er den Eingang des Hauses beobachten konnte. Nach einer Weile sah er einen Fuchs hineinschlüpfen. Er glaubte, der Fuchs sei auf Nahrungssuche. Er schlich sich zur Hütte und als er eintrat, sah er ein sehr schönes Weib in Fellkleidern von wunderbarer Arbeit. In der Hütte hing an einer Leine ein Fuchsbalg. Der Mann fragte, ob sie es gewesen wäre, die das alles gemacht habe. Sie sagte, sie wäre seine Frau und es sei nur ihre Pflicht, das zu tun und sie hoffe nur, ihre Arbeit zu seiner Zufriedenheit getan zu haben.

Nachdem sie kurze Zeit zusammengelebt, bemerkte der Mann einen Moschusgeruch im Haus und fragte, ob der von ihr wäre. Sie antwortete, daß sie es sei, die so rieche und wenn er darin einen Fehler sehe, so werde sie ihn verlassen. Sie streifte ihre Kleider ab, nahm wieder das Fuchsfell um und schlich davon. Und seit dieser Zeit war sie nie wieder dazu aufgelegt, einen Mann zu besuchen.

35. Der Waisenknabe und der alte Mann

Outakalawaping war ein alter Mann. Ein Waisenknabe namens Elaakjewwakjew pflegte ihn zu besuchen; sobald ihn der alte Mann sah, rief er aus: »Warum ißt du den Rockschoß deiner Mutter?« Daraufhin lief der Waisenknabe weg. Einmal ging er in ein anderes Haus; einer der Knaben, der wußte, was der alte Mann zu sagen pflegte, verleitete ihn, dem alten Mann, wenn er wieder sagen würde: »Warum ißt du den Rockschoß deiner Mutter?« zu antworten: »Warum hast du deine erste Frau in die Eisspalte gesteckt? Warum hast du sie in die Meereisspalte gesteckt?«

Der Knabe ging zurück in des alten Mannes Haus und als Outakalawaping wieder sagte: »Warum ißt du den Rockschoß deiner Mutter?« erwiderte er: »Warum hast du deine erste Frau in die Eisspalte gesteckt? Warum hast du sie in die Meereisspalte gesteckt?« Da sprang der alte Mann auf und wollte den Knaben fangen; der lief aber weg. Die beiden liefen lange Zeit, bis sie sich in den Himmel erhoben und zwei Sterne wurden; aber der Waisenknabe wird auch da noch immer vom alten Mann verfolgt.

36. Die Eule und der Rabe

Die Eule und der Rabe waren dicke Freunde. Eines Tags machte der Rabe für die Eule ein neues, schwarz und weiß gesprenkeltes Kleid. Diese aber machte dafür dem Raben ein Paar Schuhe aus Walknochen und begann dann auch noch ein weißes Kleid für ihn zu machen. Als sie aber daran war, es anzuprobieren, fing der Rabe an herumzuhüpfen und wollte nicht stillhalten. Die Eule wurde ärgerlich und sagte: »Jetzt sitz still, oder ich werde die Lampe über dich gießen!« Da der Rabe aber fortfuhr, herumzuhüpfen, wurde die Eule wütend und goß den Tran über ihn. Da schrie der Rabe »Yaq! Yaq!« und seit diesem Tag ist er ganz schwarz.

37. Der Rabe nimmt ein Weib

(Geschichten vom Raben Tu-lu-kau-guk II.)

Lange Zeit lebte der Rabe allein, aber schließlich hatte er doch genug davon und beschloß ein Weib zu nehmen. Er sah sich also um und bemerkte, daß es schon spät im Herbst war und die Vögel schon in großen Scharen südwärts zogen. Der Rabe flog weg und hielt an auf dem Weg, den die Gänse und anderes Wildgeflügel auf ihrem Zug nach dem Sommerland eingeschlagen hatten. Er beugte sein Gesicht, sah auf die Füße herab und rief aus: »Wer will mich zum Gatten? Ich bin ein schöner Mann!« Ohne ihn zu beachten, flogen die Gänse weiter und der Rabe sah ihnen nach und seufzte. Bald danach flog eine schwarze Brandgans vorbei und der Rabe rief wie vorhin – und mit dem gleichen Erfolg. Er blickte ihr nach und rief: »Ah, was sind das für Leute! Die warten nicht einmal, um mir zuzuhören.« Er wartete weiter und eine Ente flog in der Nähe vorbei; als der Rabe sie anrief, sah sie sich ein wenig nach ihm um, flog dann aber weiter. Einen Augenblick schlug sein Herz voll Hoffnung etwas rascher, aber als auch die Ente vorbei war, rief er: »Ah, dann werde also ich näher kommen; vielleicht, daß das nützt.« Er blieb gesenkten Hauptes stehen und wartete weiter.

Bald darauf kam eine ganze Schneegänsefamilie, die Eltern, vier Brüder und eine Schwester, und der Rabe rief hinauf: »Wer will mich zum Gatten? Ich bin ein guter Jäger, jung und geschickt.« Als er das gesagt, ließen sich die Schneegänse knapp neben ihm herab und er dachte sich: »Jetzt werde ich eine Frau bekommen!« Nun sah er sich um und bemerkte einen schönen, weißen durchlochten Stein. Er hob ihn auf, band ihn an einen Grashalm und hängte ihn um den Hals. Nachdem er das getan, schob er den Schnabel hoch, wie eine Maske, daß er auf den Scheitel des Kopfes rutschte und verwandelte sich so in einen schwarzen jungen Mann, und schritt auf die Gänse zu. Zugleich hatten auch die Gänse ihre Schnäbel hinaufgeschoben und waren in gut aussehende Leute verwandelt worden. Dem Raben gefiel der Blick des Mädchens sehr und er ging auf sie zu, gab ihr den Stein und erwählte sie so zu seiner Frau und sie hängte ihn sich um den Hals. Dann schoben alle ihre Schnäbel herunter, wurden wieder Vögel und flogen nach Süden weiter.

Die Gänse schlugen langsam ihre Flügel und arbeiteten sich gemächlich weiter. Der Rabe aber glitt mit seinen weitausgebreiteten Schwingen schneller als seine Gefährten dahin und die Gänse sahen ihm nach und riefen voll Bewunderung: »Wie leicht und anmutig ist er doch!« Mit der Zeit wurde der Rabe müde und sagte: »Es wäre besser, wir machten zeitig halt und sähen uns nach einem Schlafplatz um.« Die anderen waren damit einverstanden und so machten sie halt und schliefen bald ein.

Am nächsten Morgen waren die Gänse schon früh in Bewegung und wollten aufbrechen, aber der Rabe schlief noch so fest, daß sie ihn aufwecken mußten. Der Gänsevater drängte: »Wir müssen uns beeilen, denn es wird bald schnein. Halten wir uns nicht auf!« Sowie der Rabe erwacht war, drängte er darauf fortzukommen und wie am Tag vorher führte er die anderen und wurde von seinen jungen Kameraden sehr bewundert. Er zog bald über, bald vor seinen Genossen dahin; diese machten anerkennende Bemerkungen, wie: »Ah, sieh, wie leicht und gewandt er ist!« So zog die Schar dahin, bis sie eines Abends an der Meeresküste halt machten; hier taten sie sich an Beeren gütlich, die in Menge herumwuchsen und legten sich dann schlafen.

Am nächsten Morgen schickten sich die Gänse in aller Frühe an, ohne Frühstücksrast, weiterzuziehen. Der Magen des Raben aber schrie nach den guten Beeren, die so zahlreich vorhanden waren, aber die Gänse wollten nicht warten und er wagte es daher nicht, sich dem Aufbruch zu widersetzen. Als sie die Küste verließen, sagte der Gänsevater, daß sie unterwegs nur einmal rasten würden und der nächste Weg werde sie dann an die andere Küste bringen. Dem Raben schien es sehr zweifelhaft, ob er imstande sein werde, die andere Küste zu erreichen, aber er schämte sich das einzugestehen und beschloß, den Versuch zu wagen. So flogen sie alle auf. Die Gänse flogen standhaft darauf los; nach einiger Zeit aber begann der Rabe zurückzubleiben; seine Flügel schmerzten ihn, während die Gänse gemächlich und noch unermüdet weiterflogen. Mühsam flog der Rabe weiter, glitt dann wieder eine Zeitlang mit ausgebreiteten Schwingen, um die müden

Flügel auszuruhen, aber vergebens: er blieb immer mehr zurück. Schließlich sahen sich die Gänse um und der Gänsevater sagte: »Ich dachte, er wäre geübt und kräftig, aber er muß doch müd geworden sein; warten wir auf ihn.« Dann ließen sich die Gänse ganz nah nebeneinander aufs Wasser nieder und der Rabe, der mühsam herankam, sank auf ihren Rücken herab und schnappte nach Luft. Bald hatte er sich etwas erholt und sagte, indem er dabei die Hand auf die Brust legte: »Ich habe hier eine Pfeilspitze von einem alten Kampf her und die plagt mich sehr. Das ist der Grund, warum ich zurück blieb.«

Nachdem sie gerastet hatten, zogen sie weiter, aber die anderen mußten bald wieder auf den Raben warten und er wiederholte wieder die Geschichte von der Pfeilspitze, von der er behauptete, sie hätte sein Herz durchbohrt. Dann nahm er die Hand seiner Frau und legte sie auf seine Brust, damit sie fühle, wie es springe. Sie tat so, konnte aber nur spüren, daß sein Herz wie ein Steinhammer klopfte, aber nicht die mindeste Spur von einer Pfeilspitze; sie sagte aber trotzdem nichts. Sie zogen also weiter und mußten bald wieder auf den Raben warten. Jetzt fingen aber die Brüder schon an über ihn zu sprechen und sagten sich: »Ich glaub an diese Geschichte mit der Pfeilspitze nicht; wie kann er denn mit einer Pfeilspitze im Herz leben?«

Als sie rasteten, sahen sie vor sich in der Ferne die Küste. Der Gänsevater eröffnete nun dem Raben, daß sie, bevor das Land erreicht sei, nicht mehr auf ihn warten würden. Dann erhoben sich alle und flogen los. Der Rabe bewegte seine Flügel nur langsam und selbst das fiel ihm schon schwer. Ausdauernd flogen die Gänse der Küste zu, während der Rabe tiefer und tiefer sank und dem gefürchteten Wasser näher und näher kam. Als er hart an die Wellen kam, rief er nach seiner Frau: »Gib mir den weißen Stein! Gib ihn mir zurück!« Der war nämlich zauberkräftig. So schrie er bis seine Flügel sanken und fiel hilflos ins Wasser als die Gänse gerade das Land erreichten. Er versuchte sich vom Wasser zu erheben, aber sein Gewicht zog ihm die Flügel herunter und er trieb der Küste entlang, vor und zurück. Die Wellen wurden stärker und bald begannen die weißen Kämme über ihn zu gehen; er sank unter und konnte nur mit äußerster Anstrengung seinen Schnabel über die Oberfläche herausstrecken, um zwischen den Wellen nach Luft zu schnappen. Endlich schwemmte ihn eine große Welle ans Land. Als sie dann zurückflutete, grub er seine Krallen in die Strandkiesel und rettete sich nur mit schwerer Mühe davor, wieder ins Meer gespült zu werden. Sobald er konnte, kämpfte er sich an den Strand hinauf – ein übelzugerichteter Patron. Das Wasser lief in Strömen von seinen durchweichten Federn und die Flügel hingen zu Boden. Mehrmals fiel er um, bevor er endlich mit weitaufgesperrtem Mund einige Sträucher erreichte, wo er die Maske und sein Rabenkleid ablegte und ein kleiner, dunkler Mann wurde. Dann hob er Gewand und Maske auf, hängte sie an einen Strauch und machte sich aus einigen Holzstücken einen Feuerbohrer; bald hatte er ein Feuer entfacht und trocknete sich davor.

38. Der Rabe, der Wal und der Nörz

(Geschichten vom Raben Tu-lu-kau-guk III.)

Nachdem der Rabe sein Kleid am Feuer getrocknet hatte, sah er zufällig aufs Meer hinaus, bemerkte einen großen Wal die Küste entlang ziehen und sagte: »Wenn du wieder emporkommst, mach deine Augen zu und das Maul weit auf.« Dann legte er rasch sein Rabengewand an, zog die Maske vor, nahm seinen Feuerbohrer unter einen Flügel und flog hinaus übers Wasser. Der Wal kam bald wieder an die Oberfläche, und tat, wie ihm befohlen worden war und sobald der Rabe das offene Maul sah, flog er stracks hinein und in den Bauch des Wals. Der Wal schloß sein Maul und tauchte unter, während der Rabe sich umsah und bemerkte, daß er am Eingang eines schönen Raumes war, an dessen einem Ende eine Lampe brannte. Er trat ein und war erstaunt da ein schönes junges Weib sitzen zu sehen. Der Raum war rein und trocken; seine Decke wurde vom Rückgrat des Wals getragen und seine Rippen formten die Wände. Aus einer Röhre, die sich die Wirbelsäule des Wals entlang zog, tropfte langsam Tran in die Lampe. Als der Rabe eintrat, sprang das Weib auf und schrie: »Wie kommst du daher? Du bist der erste Mann der je hierherkam!« Der Rabe erzählte nun, wie er hereingekommen und sie lud ihn ein, sich auf die andere Seite des Raumes zu setzen. Diese

Frau war der Geist des Wals, der ein weibliches Tier war. Dann bereitete sie ein Essen, gab ihm Beeren und Tran und erzählte zugleich, daß sie die Beeren vor einem Jahr gesammelt habe. Der Rabe blieb vier Tage lang als Gast des Geistes da und wunderte sich nur immer, was denn das für eine Röhre sei, die die Decke entlang führte. So oft die Frau den Raum verließ, befahl sie ihm, sie ja nicht anzurühren. Als sie wieder einmal hinausgegangen war, ging er zur Lampe, steckte seine Pfote aus und fing einen großen Trantropfen auf und leckte mit der Zunge daran. Das schmeckte so süß, daß er noch mehrere Tropfen auffing und sie verschluckte, wie sie herabfielen. Es wurde ihm aber bald zu langweilig und so kroch er hinauf, riß ein Stück von der Rohrwand los und verzehrte es. Kaum war das geschehen, so floß auch schon ein ganzer Sturzbach von Tran in den Raum und löschte die Lampe aus, während der ganze Raum selbst wild hin und herzurollen begann. Das dauerte fast vier Tage lang und der Rabe war halbtot vor Müdigkeit und den Quetschungen die er erhalten hatte. Dann stand der Raum still und der Wal war tot, denn der Rabe hatte eines seiner Herzgefäße aufgerissen. Der Geist kam nie in den Raum zurück und der Wal trieb an die Küste.

Der Rabe merkte nun, daß er gefangen war und während er darüber nachdachte, wie er entkommen könnte, hörte er, wie sich oben auf dem Wal zwei Leute unterhielten und den Vorschlag machten, alle ihre Dorfgenossen herzuführen. Das war rasch geschehen und bald hatten die Leute in den oberen Teil des Wals ein Loch gemacht. Dies Loch wurde dann erweitert, bis der Rabe, als alle gerade eine Fleischladung an die Küste trugen, entschlüpfen und sich unbemerkt auf der Spitze eines nahen Hügels niederlassen konnte; da fiel ihm ein, daß er seinen Feuerbohrer vergessen hatte und er rief aus: »Oh, ich hab meinen guten Feuerbohrer vergessen!« Schnell streifte er die Rabenmaske und die Rabenkleider ab, wurde wieder ein junger Mann und ging die Küste entlang auf den Wal zu. Die Leute beim Wal sahen bald den kleinen, in ein seltsam zusammengenähtes, dunkles Renntierfell gekleideten Mann auf sich zukommen und starrten ihn verdutzt an. Der Rabe trat näher und sagte: »Ho, ihr habt einen schönen großen Wal gefunden, ich will euch helfen ihn zu zerlegen!« Er streifte seine Ärmel hoch und ging ans Werk. Bald darauf schrie ein Mann, der drinnen im Walkörper arbeitete, herauf: »Ah, seht was ich gefunden habe, einen Feuerbohrer im Walfisch.« Sofort streifte der Rabe seine Ärmel herunter und sagte: »Das ist sehr schlimm, denn meine Tochter hat mir gesagt, daß wenn die Leute in einem Walfisch einen Feuerbohrer finden und ihn noch weiter aufschneiden, die meisten von ihnen sterben werden; ich lauf weg!« Und er lief weg.

Als der Rabe weg war, sahen die Leute einander an und sagten: »Vielleicht hat er doch recht«, und sie liefen alle weg und beim Weggehen suchte ein jeder den Tran von seinen Händen abzustreifen. Der Rabe guckte aus seinem Versteck in der Nähe zu und lachte, wie die Leute so wegliefen. Dann ging er um seine Maske und sein Gewand. Nachdem er sie gefunden, ging er zum Wal zurück, fing an ihn aufzuschneiden und holte das Fleisch am Strand zusammen. Als er an den Schmaus, den dieser Vorrat für ihn abgeben würde, dachte, sagte er: »Danke!« zu den Geistern.

Nachdem er nun Fleisch auf die Seite gebracht, wollte er auch einigen Tran aufbewahren, aber er hatte kein Gefäß, um ihn hineinzutun und so ging er an der Küste auf und ab und suchte einen Seehund. Er war noch nicht weit gegangen, da sah er einen Nörz geschwind herumlaufen und schrie ihn an: »Wem rennst du so schnell nach? Suchst du etwas zu essen?«

Der Nörz blieb stehen und schob, wie es der Rabe mit seinem Schnabel getan hatte, seine Nase wie eine Maske hoch und verwandelte sich in einen kleinen dunkeln Mann. Da rief der Rabe: »Ah, du willst mein Freund sein? Ich habe Nahrung im Überfluß, aber ich bin allein und habe niemanden mit mir.« Dem Nörz wars recht und sie gingen nun beide zum Wal zurück und machten sich an die Arbeit. Der Nörz aber mußte das meiste schaffen, denn der Rabe war sehr faul.

Sie machten Graskörbe und Matten für das Fleisch und den Walfischspeck und versorgten große Mengen davon in Bodenlöchern. Nachdem das getan war, bauten sie ein gutes Haus. Als auch das fertig war sagte der Rabe: »Es ist langweilig, geben wir ein Fest!« Und er trug dem Nörz auf, Seevolk einzuladen, das sie unterhalten sollte.

Dem Nörz wars recht und so brach er am nächsten Morgen auf; der Rabe verfertigte indessen einen kurzen, runden Stab und bemalte ihn an dem einen Ende mit zwei Ringen. Nachdem das getan war, sammelte er einen großen Ballen klebriges Rottannen-Harz und legte das mit dem Stab zusammen ins Haus.

Der Nörz kam bald zurück und meldete dem Raben, daß morgen sehr viele Seebewohner zum Fest kommen würden. Der Rabe sagte: »Danke!« Früh am nächsten Morgen rief der Nörz den Raben heraus und zeigte aufs Meer, dessen Oberfläche ganz voll von den verschiedensten Seehundsarten, die alle zum Fest kamen, war. Der Rabe ging ins Haus zurück, während der Nörz hinunter ans Wasser ging, um die Gäste zu empfangen und sie zum Haus zu führen.

Sowie jeder Seehund ans Land kam, hob er seine Maske und wurde ein kleiner Mann und alle gingen ins Haus, bis es voll war. Der Rabe sah die Gäste und rief: »Was für eine Menge Leute? Wie soll ich denn euch allen ein Fest geben können? Ausgeschlossen; gestattet aber erst, daß ich einigen von euch mit diesem Zeug die Augen einschmiere, damit ihr besser sehen könnt, denn es ist hier etwas finster.«

Mit dem Harz verschloß er nun allen Seehunden die Augen, nur einen kleinen, der in der Nähe der Türe stand, übersah er. Der letzte Seehund, dessen Augen verschlossen wurde, war auch ein kleiner und sowie seine Augen verklebt waren, wollte er sie öffnen und fing an zu schreien. Der Kleine bei der Tür rief nun den anderen zu: »Der Rabe hat euch allen die Augen zugeklebt und ihr könnt sie nicht öffnen.« Nun versuchten alle Seehunde die Augen zu öffnen, aber sie konnten es nicht. Mit dem Stock, den der Rabe Tags zuvor vorbereitet hatte, tötete er nun alle Gäste, indem er sie auf den Kopf schlug und jeder Seehundsmann verwandelte sich, nachdem er getötet war, in einen Seehund. Als der Kleine bei der Tür sah, daß der Rabe seine Genossen tötete, lief er hinaus und entkam als einziger ins Meer.

Nachdem er damit fertig war, wandte sich der Rabe zum Nörz und sagte: »Sieh wie viele Seehunde ich getötet habe; jetzt werden wir genug Behälter für den Tran haben.« Dann machten sie Säcke aus den Seehundsfellen und füllten sie mit Tran für den Winter. Seit dieser Zeit sind Rabe und Nörz immer Freunde geblieben und darum will, bis auf den heutigen Tag, kein Rabe das Fleisch eines Nörzes fressen und wäre er noch so hungrig. Den Nörz und den Raben findet man oft in der Tundra ganz nahe beieinander.

39. Der Rabe und das Murmeltier

Einst flog der Rabe in der Nähe der Küste über ein Felsenriff; einige Seevögel, die auf dem Felsen saßen, sahen ihn und verspotteten ihn mit den Worten: »Oh, du Abfallfresser! Oh, du Aasfresser! Du Schwarzer!« bis der Rabe sich umwandte und im Wegfliegen rief: »Gnak, Gnak, Gnak! Warum verspotten mich die?« Und dann flog er weit weg übers Wasser, bis er drüben zu einem Berg kam, wo er blieb.

Er blickte sich um und bemerkte gerade vor sich die Höhle eines Murmeltiers. Der Rabe blieb vor der Höhle auf der Lauer stehen und bald kam das Murmeltier mit etwas Nahrung zurück. Da es den Raben gerade vor seiner Tür stehen sah, forderte es ihn auf, Platz zu machen; der Rabe wollte aber nicht und sagte: »Man schimpft mich Aasfresser und ich werde beweisen, daß ich das nicht bin und jetzt dich fressen.« Darauf antwortete das Murmeltier: »Gut; ich habe aber gehört, daß du ein sehr guter Tänzer seist; tanze jetzt, wenn du willst, ich werde dazu singen und dann magst du mich verspeisen. Bevor ich aber sterbe, will ich dich tanzen sehen.« Das gefiel dem Raben so sehr, daß er einwilligte zu tanzen und das Murmeltier sang also: »O Rabe, Rabe, Rabe, wie gut du tanzt! O Rabe, Rabe, Rabe, wie gut du tanzt!« Dann hörten sie auf, um auszuruhen und das Murmeltier sagte: »Dein Tanz gefällt mir so gut, ich will noch eins singen, du mach aber deine Augen zu und tanze deinen besten Tanz.« Der Rabe schloß seine Augen und hüpfte ungeschickt herum, während das Murmeltier sang: »O Rabe, Rabe, Rabe, was für ein reizender Tänzer bist du! O Rabe, Rabe, Rabe, was für ein reizender Tänzer bist du!« Dann huschte das Murmeltier rasch zwischen den Beinen des Raben durch und war in seiner Höhle geborgen. Sowie das Murmeltier aber in Sicherheit war, steckte es die Nasenspitze heraus und sagte spöttisch lachend: »Chi-kik-kik, Chi-kik-kik, Chi-kik-kik: du bist doch der größte Dummkopf, den ich je gesehen habe; was du für eine komische Figur beim tanzen machst; ich konnte mich kaum halten vor Lachen; schau mich nur an, schau, wie fett ich bin! Möchtest du mich nicht gern auffressen?« und es hänselte den Raben so lang, bis er aus lauter Wut weit wegflog.

40. Entstehung des Raben

Der Rabe war ein Mann, der, als die Leute sich vorbereiteten eine andere Gegend aufzusuchen und dazu die Habseligkeiten ihres Haushaltes zusammenkramten, zu diesen sagte, sie hätten die Unterdecken aus Hirschfellen, die man zum Bett braucht, vergessen. So ein Fell heißt in der Eskimosprache »Kak«. Der Mann brauchte das Wort nun so oft, daß sie ihm sagten, er werde das noch selbst werden. Er machte solchen Lärm, daß er in einen Raben verwandelt wurde und nun gebraucht er diesen Laut, um sich bemerkbar zu machen. Gerade an dem Tag, als das Lager abgebrochen wurde, flog der Rabe auf und krächzte »Kak! Kak!« oder mit anderen Worten: »Vergeßt nicht die Bettdecken!«

41. Der Rabe und die Möve

Vor langer Zeit kam einmal ein Jäger zum Haus des Raben. Als er eintrat, sah er da einen alten Mann; der sagte zu ihm: »Kak! sicherlich bist du hungrig. Wir sind alle hungrig, wenn wir von zu Hause wegwandern.« Dann befahl er einem Knaben etwas Menschenfleisch hereinzubringen. Der Knabe brachte es. Der Alte schnitt ein Stück ab und gab es dem Jäger. Der sagte aber: »Ich mag diese Art von Fleisch nicht« worauf der alte Mann erwiderte: »Gib es mir, ich kann es schon essen.« Nachdem er es aufgegessen, sagte er zum Knaben: »Bring etwas Walhaut herein.« Was der brachte, war aber in Wirklichkeit Vogelmist. Er gab es dem Eskimo, der erklärte, das könne er nicht essen. »Gib es mir«, sagte der Alte, »ich kann es essen.« Dann hieß er den Knaben Walbeine bringen. Er bot das dem Eskimo an, der wieder erklärte, er könne das nicht essen. Der Alte sagte wieder: »Ich kann es essen, gib es mir.« Nachdem er es aber verzehrt hatte, sagte er: »Mein Magen tut mir weh« und spie alles, was er gegessen hatte, aus.

Nicht weit von da war das Haus einer Möve. Der Jäger wurde eingeladen, einzutreten. Er ging hinein und die Möve gab ihm getrocknete Fische, die er sehr zufrieden verzehrte. Dann verließ er sie, ging nach Hause und erzählte, wie ihn die Vögel bewirtet hatten.

42. Entstehung der Möven

Einige Leute in einem Boot wollten um eine Landspitze, die weit ins Wasser ragte, herumkommen. Da das Wasser unter dem Ende der Landzunge, die in einer hohen Klippe endete, immer sehr stark bewegt war, baten einige Frauen, man sollte doch über den Landrücken gehen. Eine von ihnen stieg auch mit ihren Kindern aus, um das Boot zu erleichtern. Sie sollte über jene Stelle gehen und die anderen versprachen, drüben auf sie zu warten. Die Leute im Boot waren so weit gekommen, daß die Rufe, welche die Richtung angeben sollten, undeutlich wurden. Die arme Frau wurde ängstlich und hatte die anderen im Verdacht, sie wollten sie verlassen. Sie blieb bei der Klippe und schrie unausgesetzt die letzten Worte, die sie gehört hatte. Schließlich wurde sie in eine Möve verwandelt und über den ganzen Sund ertönt jetzt ein: »Geh' rüber, g-rüber, güber, über, üb!« und so fort.

43. Der Ursprung der Mücken

Ein Mann hatte eine nachlässige Frau, die nie seine Fellkleider reinschabte, wenn er von seinen Ausflügen zurückkam. Er bemühte sich sehr, sie zu besserem zu überreden und sich aufzuführen, wie einer Frau geziemt. Wieder einmal sollte sie die angehäufte Schmutzschicht von den Kleidern des Mannes entfernen. Sie nahm verdrießlich das Gewand und reinigte es aber so nachlässig, daß der Mann, wie er das Aussehen der Kleider bemerkte, etwas von dem Dreck, der noch daran klebte, nahm und ihr nachwarf. Die Teilchen verwandelten sich in Mücken und jetzt im Frühling, wenn die warmen Tage kommen und die Frauen Arbeit haben, die Kleider zu putzen, sammeln sie sich um sie und so werden die Frauen an das schlampige Weib erinnert und was ihr geschehen war.

44. Entstehung der Schwalben

Einige kleine Kinder, die sehr gescheit waren, spielten am Ende einer hohen Klippe, nah bei den Zelten, wo sie wohnten, indem sie Spielhäuser machten. Sie wurden bewundert wegen ihrer Klugheit und bekamen den Namen »zuluganak«, wie jener Rabe, von dem man annahm, daß er alle Vergangenheit und Zukunft wisse. Während diese Kinder also sich vergnügten, wurden sie in kleine Vögel verwandelt und sie vergaßen ihre letzte Beschäftigung nicht und bis zum heutigen Tag kommen sie zu den Klippen, nah bei dem Lager der Leute, und machen Häuser aus Lehm, die sie an einer Seite des Felsens befestigen. Die Eskimokinder beobachten gerne die Schwalben, wie sie, wenn der Rabe sie dabei nicht stört, ihre Iglu aus Lehm bauen.

45. Die Entstehung der Lummen

Einige Kinder spielten auf dem ebenen Gipfel einer ins Meer hineinragenden Klippe und die älteren Kinder gaben auf die jüngeren acht, damit sie nicht über den Rand fielen. Unten war die See mit Eis bedeckt und entlang der Küste hatte sich noch kein Streifen gelockert, auf dem die Seehunde hätten aufsteigen können. Bald öffnete aber ein entferntes Krachen das Meer und es war voll von Seehunden, aber die Kinder achteten nicht darauf. Der Wind war kalt und die Kinder tobten sehr ausgelassen herum, eiferten sich bei ihren Spielen an und schrien so laut sie nur konnten. Die Männer sahen jetzt die Robben und liefen zur Küste, um ihre Kajaks ins Wasser zu setzen und sie zu verfolgen.

Daraufhin schrien die Kinder noch mehr und erschreckten die Robben so, daß sie untertauchten. Einer der Männer wurde ärgerlich und rief den anderen zu: »Ich wünschte, das Riff stürzte um und begrübe diese lärmenden Kinder, die die Robben verjagt haben.« Im selben Moment stürzte die Klippe ein und die armen Kinder fielen mitten zwischen Felsen und Steinen herunter. Da wurden sie in Lummen oder Seetauben mit roten Füßen verwandelt und hausen so bis zum heutigen Tag mitten zwischen den Steinen, hart am Wasser unter den Riffen.

46. Der Hase

Der Hase war ein Kind, das von den Leuten so schlecht behandelt und mißbraucht wurde, weil es lange Ohren hatte, daß es sich aufmachte, um allein zu leben. Wenn er jemand sieht, läßt er die Ohren auf den Rücken hängen; wenn er aber das Geschrei von jemandem hört, glaubt er, man spricht von seinen langen Ohren. Er hat keinen Schwanz, weil er früher auch keinen hatte.

47. Herkunft der viereckigen Flecken am Rücken der

Tauchente

Ein Mann hatte zwei Kinder, von denen er wollte, sie sollten einander völlig gleichsehen. Er zeichnete das eine (die Tauchente) mit einer weißen Brust und viereckigen Flecken am Rücken. Das andere (der Rabe) sah, wie komisch die Tauchente aussah, und lachte soviel, daß die Tauchente sich schämte und ins Wasser floh, wo sie immer die weiße Brust zeigt, um die Flecken am Rücken, die zum Lachen reizen, zu verbergen. Der Rabe entging der Aussicht in gleicher Weise angemalt zu werden, indem er sich hartnäckig weigerte, näher zu kommen.

48. Wie der Habicht entstand

Unter den Leuten einer Siedlung war eine Frau, die wegen der Kürze ihres Nackens auffiel. Sie wurde deswegen unausgesetzt geneckt und gequält, sodaß sie oft stundenlang allein am Rand hoher Felsen saß. Sie wurde in einen Habicht verwandelt und schreit jetzt, wenn sie jemand sieht, sofort: »Kea, kea, kea, wer, wer, wer wars, der ›Kurznack‹ rief?«

49. Die letzten Donnervögel

Vor langer Zeit lebten in den Bergen viele Adler oder Donnervögel. Die waren aber schon alle verschwunden bis auf ein Paar, das auf dem Berggipfel der bei S. den Yukon überragt, hauste. Auf der runden Kuppe dieses Berges hatten die Adler eine Vertiefung ausgehöhlt, die ihnen als Nest diente; um den Rand herum war ein Felswall, von dem sie auf das große Dorf am Fluß sehen konnten.

Vom Rand dieses Felswalls erhoben sich die großen Vögel auf ihren breiten Schwingen, wie ein Wolke am Himmel, um manchmal aus vorüberziehenden Herden ein Renntier zu reißen und es ihren Jungen zu bringen. Dann wieder kreisten sie herum, mit donnerartigem Flügelschlag, ließen sich zu einem Fischer in seinem Kanoe auf dem Fluß herab und schleppten Mann und Boot zum Berggipfel. Dort fraßen die jungen Donnervögel den Mann und das Kanoe blieb zwischen Knochen und anderem Abfall am Nestrand liegen und ging zugrunde.

Jeden Herbst flogen die jungen Vögel ins Nordland weg, während die alten zurückblieben. Dann kam wieder eine Zeit, wo viele Jäger von den Vögeln verschleppt wurden, sodaß sich nur die allerverwegensten auf den Fluß wagten. Eines Sommertags fuhr ein beherzter junger Mann hinaus, um nach seinen Fischfallen im Fluß zu sehen; bevor er aber wegging, sagte er seiner Frau, sie solle vorsichtig sein und das Haus der Vogelgefahr wegen ja nicht verlassen. Nachdem ihr Mann weggegangen war, bemerkte die junge Frau, daß ihr Wasserkübel leer war und nahm daher einen Eimer und ging nach dem Fluß um Wasser. Als sie zurückkehren wollte, erfüllte ein rollendes Geräusch, wie Donner, die Luft, einer der Vögel stieß herab und packte sie mit seinen Krallen. Als die Dorfleute sahen, wie sie zum Berggipfel geführt wurde, schrien sie vor Schmerz und Verzweiflung auf.

Als der Jäger nach Hause kam, beeilten sich die Leute, ihm von seines Weibes Tod zu erzählen, er sagte aber nichts. Er ging in sein leeres Haus, nahm seinen Bogen und einen Köcher voll Kriegspfeile und brach, nachdem er sie sorgfältig geprüft hatte, nach dem Adlerberg auf. Seine Freunde hielten ihm vor, daß ihn die Vögel sicherlich umbringen würden, aber vergebens. Er wollte sich davon nicht überzeugen lassen, sondern eilte weiter. Mit festen Schritten erklomm er den Rand des großen Nestes und sah hinein. Die Alten waren weg, aber die Jungen empfingen ihn mit gellenden Schreien und fürchterlich funkelnden Augen. Des Jägers Herz war voll Zorn, er spannte rasch seinen Bogen und schoß einen Pfeil nach dem anderen ab, bis der letzte der verhaßten Vögel tot im Nest lag.

Noch immer voll Rachedurst verbarg sich der Jäger hinter einem großen Felsen in der Nähe des Nestes und wartete auf die alten Vögel. Diese kamen. Als sie ihre Jungen tot und blutig im Nest liegen sahen, erhoben sie solche Racheschreie, daß der ganze Sund von der anderen Seite des großen Flusses her widerhallte, während sie sich erhoben, um nach dem Mörder ihrer Jungen auszusehen. Bald erblickten sie den jungen Jäger hinter dem großen Stein und der Muttervogel stieß auf ihn herab und seine Schwingen rauschten dabei, wie ein Sturm im Tannenwald. Der Jäger legte rasch einen Pfeil auf seine Sehne und als der Adler herunterkam, jagte er ihn ihm tief in die Kehle. Mit einem rauhen Schrei wandte er sich um und flog weit über die Hügel nach Norden weg.

Jetzt kreiste der Vogelvater über ihm und kam schreiend auf den Jäger herunter, der sich im richtigen Augenblick hinter den Stein drückte, sodaß des Adlers scharfe Klauen nur den harten Fels faßten. Als der Vogel sich erhob, um wieder herabzustoßen, sprang der Jäger aus seinem Schlupfwinkel und jagte ihm mit aller Kraft zwei schwere Pfeile tief unter seine Schwingen. Wie eine Wolke über den Himmel flog der Donnervogel, seine Flügel weit ausbreitend und Racheschreie ausstoßend, weit ins Nordland und ward nie mehr gesehen.

Nachdem er so blutige Rache genommen, fühlte sich der Jäger erleichtert und stieg ins Nest hinab, wo er noch einige Reste seiner Frau fand. Er trug sie zum Ufer, machte dort ein Feuer und brachte ihrem Schatten Speise- und Trankopfer dar.

50. Die Kraniche

Es ist schon lange her, daß sich eines Herbsttages die Kraniche darauf vorbereiteten, südwärts zu ziehen. Als sie sich in großer Schar zusammengefunden hatten, sahen sie in der Nähe des Dorfes ein wunderschönes junges Weib ganz allein. Sie bewunderten sie, scharten sich um sie, hoben sie auf ihre ausgebreiteten Flügel, trugen sie hoch in die Luft und flogen mit ihr fort. Während die einen sie aufhoben, kreisten die anderen unter ihnen so dicht, daß sie nicht herunterfallen konnte und ihr lautes heiseres Geschrei übertönte alle Hilferufe, so ward das Weib fortgetragen und wurde nie mehr gesehen. Seit dieser Zeit kreisen die Kraniche im Herbst immer herum und während sie sich zum Flug nach Süden vorbereiten, schreien sie laut herum, wie sie damals taten.

51. Das Echo

Ein junges Mädchen wollte keinen Mann nehmen. Schließlich wurden ihre Leute ärgerlich, brachen das Zelt ab und verließen sie. Am Tag, nachdem sie verlassen worden war, sah das Mädchen die Männer in ihren Kajaks Seehunde jagen. Sie hatte eine steile Klippe erstiegen, auf der sie die Männer stehen sahen. Jetzt rief sie einem der Männer zu: »Komm und hole mich! Ich will dich heiraten!« Die Männer glaubten ihr aber nicht. Dann hörten sie das Mädchen sagen: »Ich wollte, meine Füße würden in Stein verwandelt!« und sie verwandelten sich in Steine; »ich wollte, meine Hüften verwandelten sich in Steine!« und auch die verwandelten sich in Steine; »ich will, daß sich meine Arme in Stein verwandeln!« und beide wurden zu Stein; »ich will, daß sich meine Brust in Stein verwandelt!« und sie wurde zu Stein. »Ich will, daß auch mein Kopf zu Stein wird!« und auch der versteinerte. Jetzt war sie ganz in einen Stein verwandelt und so ist sie auch noch jetzt. Wenn die Leute in ihren Booten vorüberkommen, so können sie sie hören.

52. Die unzufriedene Graspflanze

In der Nähe des Dorfes Pastolik, an der Yukonmündung, wächst eine hohe, dünne Grasart. Die Frauen dieses Dorfes gehen im Herbst, knapp vor Wintersbeginn, hinaus und sammeln eine Menge von diesem Gras ein; sie reißen es aus oder schneiden es aus dem Boden, machen große Bündel daraus und tragen sie am Rücken nach Hause. Das Gras wird dann getrocknet und zu Matten, Körben oder Sitzpölstern für die Fellboote verarbeitet.

Einer dieser Grasstengel, der von einer Frau schon fast ausgerissen worden wäre, begann darüber nachzudenken, wie unvorteilhaft es eigentlich sei, nicht etwas anderes zu sein und sah sich um. Fast auf den ersten Blick sah er ein in der Nähe wachsendes Pflanzenbüschel, das so ruhig und ungestört aussah, daß der Grashalm sich wünschte, auch so eines zu sein. Kaum hatte er diesen Wunsch, als er auch schon in so eine Pflanze verwandelt wurde, wie die, welche er beneidet hatte, eine war und für kurze Zeit hatte er nun Ruhe.

Eines Tags aber sah er die Frauen mit scharfen Spitzhacken wiederkommen und die Pflanzen mit diesen ausjäten, einige Wurzeln essen und die anderen in Körben nach Hause bringen. Als die Frauen abends nach Hause gingen, blieb die Verwandelte übrig und wünschte, da sie das Schicksal der Gefährten gesehen hatte, doch eine andere Gestalt angenommen zu haben. Sie sah sich also wieder um und bemerkte eine andere unscheinbare Kriechpflanze, die ihr gefiel, weil sie so winzig und versteckt war. Sofort wünschte sie so eine zu werden und das geschah auch; wieder verstrich einige Zeit ganz ruhig, dann aber kamen die Frauen wieder und rissen die Gefährten aus; die Verwandelte übersahen sie. Das nächste Mal bekam sie aber Angst und wollte in eine kleine Knollenfrucht, wie solche in der Nähe wuchsen, verwandelt werden. Die Verwandlung war kaum geschehen, als eine Feldmaus durchs Gras geschlichen kam, die Knolle einer ähnlichen Pflanze in der Nähe auszugraben begann, sie zwischen den Vorderpfoten hielt und daran knabberte und dann weglief. »Um in Sicherheit zu sein, muß ich eine Maus werden!« dachte sich die Wandelbare und sofort wurde sie eine Maus und lief ganz glücklich über die neue

Verwandlung herum. Hin und wieder blieb sie stehen, um eine Knolle auszugraben und zu verzehren, wie es die andere getan hatte, oder sie setzte sich auf die Hinterbeine und sah sich die wechselnden Aussichten an. Während die Maus so herumwanderte, sah sie plötzlich ein fremdes, weißes Ding auf sich zukommen, das am Boden herumpickte und nachdem es um irgend etwas zu fressen stehengeblieben war, wieder aufflog. Wie es näherkam, erkannte es die Maus als eine große, weiße Eule. In diesem Augenblick bemerkte auch die Eule die Maus und stürzte auf sie los. Während sie aber noch im Flug war, gelang es der Maus glücklicherweise in ein Loch, das eine andere gemacht hatte, zu entschlüpfen, worauf die Eule wegflog.

Nach einer Weile wagte sich die Maus aus ihrem Versteck heraus, obwohl ihr Herz noch von der letzten Angst zitterte. »Ich will eine Eule sein«, dachte die Maus, »auf die Art werde ich gerettet sein.« Mit diesem Wunsch verwandelte sie sich nun wieder in eine schöne weiße Eule und brach mit langsamem, geräuschlosem Flügelschlag nach Norden auf; hie und da rastete sie, um eine Maus zu fangen. Nach einem langen Flug kam ihr die Sledge-Insel in Sicht; ihre Flügel waren schon so müde, daß sie nur mit äußerster Anstrengung die Küste erreichen konnte, wo sie sich auf ein im Sande steckendes Stück Treibholz setzte. Bald darauf sah sie zwei stramme Männer die Küste entlang gehen und ihr altes Unzufriedenheitsgefühl erwachte wieder. »Ich will ein Mensch sein«, dachte sie; mit einem Flügelschlag war sie am Boden und wurde da in einen schönen jungen Mann verwandelt; der war nun nackt. Bald darauf wurde es Nacht und er setzte sich mit dem Rücken gegen das Holzstück, auf dem er kurz vorher als Eule gesessen hatte und schlief dort bis zum Morgen. Der warme Sonnenschein weckte ihn auf und Chun-uh-luk, so nannte er sich selbst, war, als er aufstand, ganz steif und lahm vom Sitzen in der kalten Nachtluft.

Er sah sich um und fand einiges Gras, aus dem er sich etwas, wie einen leichten Mantel, zum Schutz gegen die Kälte, wob. Dann sah er in der Nähe einige Renntiere weiden und bekam Lust, eines davon zu töten und zu verzehren. Er schlich sich auf den Händen und Knien heran, sprang auf das nächste zu, faßte es bei den Hörnern und brach ihm mit einem Ruck das Genick; dann nahm er es auf seine Schultern, ging zurück und warf es in der Nähe seines Schlafplatzes hin. Er griff nun den Renntierkörper ab und fand dabei, daß das Fell eine so gute Schutzdecke war, daß er es mit seinen Fingern nicht aufreißen konnte. Lange dachte er nach, wie er das Fell herunterbringen könnte; schließlich fand er einen scharfkantigen Stein, hob ihn auf und entdeckte, daß man damit das Fell durchschneiden kann. Das Tier war rasch gehäutet, aber nun fehlte ihm ein Feuer, um das Fleisch zu kochen. Er suchte herum und fand an der Küste zwei weiße Steine, die viel Funken gaben, wenn er sie aneinander schlug. Mit ihnen und etwas trockenem Zeug, das er an der Küste fand, gelang es ihm, ein Feuer anzufachen, über dem er ein Stück vom Fleisch rösten konnte. So wie er als Eule die Mäuse gefressen hatte, versuchte er nun ein großes Stück herunterzuschlucken, aber es ging nicht; er schnitt also einige kleine Stücke ab und aß sie. Noch eine Nacht verging und am Morgen fing er ein anderes Renntier und am folgenden Tag zwei weitere; diese beiden nahm er zugleich auf die Schultern und trug sie zugleich zu seinem Lagerplatz an der Küste. Da Chun-uh-luk in den Nächten sehr fror, häutete er die beiden letzten Renntiere ab und hüllte sich vom Kopf bis zu den Füßen in ihre Felle; sie trockneten rasch auf ihm und saßen wie angewachsen. Die Nächte wurden aber immer kälter; da sammelte Chun-uh-luk an der Küste einen Stoß Treibholz zusammen und machte sich daraus eine rohe Hütte, die für ihn schon sehr bequem war.

Nachdem er sein Haus fertiggestellt hatte, ging er eines Tages über die Hügel und sah ein fremdartiges schwarzes Tier bei einigen Blaubeerbüschen Beeren fressen. Chun-uh-luk wußte zuerst nicht, ob er sich mit diesem unbekannten Tier einlassen sollte oder nicht; schließlich fing er es aber doch bei einem seiner Hinterbeine. Mit wütendem Geknurr wandte es sich um, sah ihn an und fletschte seine weißen Zähne. Da packte Chun-uh-luk den Bären plötzlich bei seinen starken Backenhaaren, schwang ihn über seinen Kopf und schlug ihn mit solcher Gewalt gegen den Boden, daß er tot dalag; dann schulterte er ihn und ging nach Hause.

Als er den Bären abhäutete, fand Chun-uh-luk, daß er sehr fett war und er nun Licht in seinem Haus haben könnte, wenn er nur etwas fände, um das Fett hineinzutun, denn in seinem Haus war es dunkel, so daß er sich nur mühsam zurechtfinden konnte. Er ging an der Küste herum und fand einen langen flachen Stein mit etwas ausgehöhlter Oberfläche; hierin hielt sich das Fett sehr gut und nachdem er noch einen Docht aus Moos hineingegeben hatte, war sein Haus so gut, als er sich nur wünschen konnte, beleuchtet.

Vor den Eingang hängte er das Bärenfell, um den kalten Wind, der manchmal hereinblies und ihn in der Nacht ganz starr machte, abzuhalten. So lebte er nun viele Tage, bis er sich einsam zu fühlen begann, wenn er an die beiden Männer zurückdachte, die er gesehen hatte, als er noch als Eule an der Küste gestanden. Er dachte sich: »Ich habe einmal zwei Männer vorübergehen gesehen, es können also andere Leute nicht gar zu weit weg wohnen. Ich will sie suchen gehen, denn es ist hier doch sehr einsam.« Er ging also aus auf die Suche nach Leuten. Er wanderte eine ziemliche Strecke die Küste entlang und kam schließlich zu zwei schönen Kajaks, die am Fuß eines Hügels lagen und auf ihnen lagen Speere, Schnüre, Schwimmer und anderes Jagdgerät.

Nachdem er diese Merkwürdigkeiten untersucht hatte, sah er in der Nähe Spuren, die zum Gipfel des Hügels führten und folgte ihnen. Auf der Kuppe des Hügels war ein Haus und in der Nähe zwei Speicher und davor lagen mehrere frisch getötete weiße Wale und die Schädel von vielen anderen lagen herum. Er wollte nun, bevor er sich ihnen selbst zeigte, die Bewohner des Hauses sehen und kroch daher leise in den Eingang und an die Tür heran. Vorsichtig hob er einen Zipfel des Fells, das im Torweg hing und sah hinein. Der Tür gegenüber saß ein junger Mann und arbeitete an einigen Pfeilen; ein Bogen lag neben ihm. Chun-uh-luk ließ den Vorhang fallen und rührte sich eine Zeitlang nicht, denn er befürchtete, der junge Mann werde mit den Pfeilen nach ihm schießen, wenn er eintrete, noch bevor er ihm seine friedlichen Absichten bezeugen könne. Schließlich dachte er sich: »Wenn ich hineingehe und sage: ›Ich bin gekommen, Bruder‹, wird er mir nichts tun.« Er hob rasch den Vorhang und trat ein. Da spannte der Hausherr sofort den Bogen, legte einen Pfeil an, bereit gegen seinen Kopf loszuschießen als Chun-uh-luk gerade sagte: »Ich bin gekommen, Bruder!« Da senkte der junge Mann Bogen und Pfeile und sagte freudig: »Bist du mein Bruder? Komm und setz dich neben mich.« Chun-uh-luk tat so und war ganz glücklich. Der Hausherr zeigte sich sehr erfreut und sagte: »Ich freue mich sehr, dich zu sehen, Bruder, denn immer habe ich geglaubt, ich hätte irgendwo einen Bruder, konnte ihn aber nie finden. Wo hast du gelebt? Hast du die Eltern gekannt? Wie bist du aufgewachsen?« Und so stellte er noch viele Fragen, auf die Chun-uh-luk erwiderte, daß er seine Eltern nie gekannt habe und er beschrieb ihm sein Leben an der Küste bis zu dem Zeitpunkt, wo er auf diese Suche ausgegangen war. Der Hausherr erzählte dann, daß auch er die Eltern nie gekannt habe und seine erste Erinnerung sei, daß er sich ganz allein in diesem Haus gefunden habe und hier habe er nun gelebt, indem er Wild zu seiner Nahrung erlegte.

Der Hausherr lud nun Chun-uh-luk ein, ihm zu einem der Vorratsspeicher zu folgen; dort war eine große Menge wertvoller Pelze, Seehundsspeck und andere Speisen in Überfluß. Dann öffnete er die Türe des anderen Speichers und zeigte dem Ankömmling eine Menge erschlagener Leute. Der Hausherr erzählte nun, er habe sie aus Rache für den Tod seiner Eltern umgebracht, denn für ihn stände es fest, daß sie von diesen Leuten umgebracht worden waren und so habe er keinen lebend vorüberziehen lassen.

Als die Brüder zum Haus zurückkehrten, waren sie schläfrig und schliefen bis zum Morgen. Bei Tagesanbruch standen sie auf und nach dem Frühstück sagte der Hausherr zu Chun-uh-luk, er solle, da er weder Bogen noch Pfeile habe, zu Hause bleiben und für sie beide kochen, während er selbst auf die Jagd gehe. Er ging dann weg und kam in der Nacht zurück und brachte Renntierfleisch mit. Chun-uh-luk hatte das Essen fertig und nachdem sie gegessen, legten sie sich schlafen und schliefen gut. So lebten sie mehrere Tage, bis Chun-uh-luk dessen schon überdrüssig war, immer zu Hause zu bleiben und zu kochen.

Eines Morgens bat er seinen Bruder, er möchte doch gestatten, daß er mit auf die Jagd gehe; der schlug es aber ab und ging allein. Als er bald darauf einige Renntiere zu beschleichen begann, kam Chun-uh-luk heimlich nachgekrochen und packte ihn beim Fuß, damit sein Bruder, ohne daß das Wild aufgescheucht werde, wissen sollte, daß er da sei. Der Jäger wandte sich aber um und sagte ärgerlich: »Was willst du denn, daß du mir folgst? Du kannst doch ohne Pfeil und

Bogen nichts erlegen.« »Mit meinen Händen allein kann ich das Wild umbringen«, sagte Chun-uh-luk; sein Bruder aber sagte spöttisch: »Geh nach Hause und besorge deine Kocherei!« Chun-uh-luk ging weg, aber statt nach Hause zu gehen, schlich er sich an eine Renntierherde heran und brachte zwei mit den Händen um, wie er es getan hatte, als er noch allein lebte. Dann stellte er sich auf und winkte seinem Bruder mit den Händen, er solle herbeikommen. Der kam und war sehr erstaunt, die beiden Renntiere zu sehen, denn er hatte mit seinen Pfeilen keines erlegt. Chun-uh-luk schulterte die beiden Tiere und trug sie nach Hause.

Mit finsterer Miene und Rachegedanken im Herzen folgte ihm sein Bruder, bis Eifersucht und Ärger alle freundschaftlichen Gefühle, die er für Chun-uh-luk hegte, verdrängt hatten; aber er hatte auch etwas Furcht, da er seinen Bruder so große Stärke beweisen gesehen hatte. Alle Abende saß er still und ärgerlich, rührte die ihm vorgesetzten Speisen kaum an, bis schließlich sein Argwohn und seine Rachegedanken in Chun-uh-luk die gleichen Gefühle erregten. So saßen sie die Nacht hindurch einander auflauernd und irgend einen Verrat fürchtend.

Der nächste Tag war ruhig und klar und der Hausherr fragte Chun-uh-luk, ob er einen Kajak rudern könne, worauf dieser entgegnete, er glaube, er werde es schon zustande bringen. Der Hausherr führte ihn nun zu den Kajaks an die Küste, bestieg den einen und sagte Chun-uh-luk, er möchte ihm in dem anderen folgen. Anfangs hatte Chun-uh-luk ziemliche Mühe, seinen Kajak aufrecht zu erhalten, aber bald hatte er es weg, ihn zu beherrschen und sie fuhren weit ins Meer hinaus. Als die Küste schon weit hinter ihnen lag, kehrten sie um und der Hausherr sagte: »Laß uns jetzt sehen, wer die Küste zuerst erreichen kann!« Leicht flogen die Kajaks dahin und zuerst schien der eine, dann der andere einen Vorsprung zu haben, bis sie schließlich mit einer letzten Anstrengung landeten und beide Wettkämpfer im selben Augenblick ans Land sprangen. Der Hausherr machte ein finsteres Gesicht und sagte zu Chun-uh-luk: »Du bist nicht mehr länger mein Bruder. Du, geh dorthin, ich werde dahin gehen.« Sie wandten einander den Rücken zu und trennten sich verärgert. Wie sie auseinandergingen, wurde Chun-uh-luk in einen braunen Vielfraß und sein Bruder in einen Grauwolf verwandelt und als solche wandern sie bis zum heutigen Tag im Land herum, aber niemals zusammen.

53. Der Wurm-Mensch

Vor sehr langer Zeit lebte ein großer Wurm, den eine Frau heiratete und beide hatten einen Sohn, der auch ein Wurm war. Als der Sohn erwachsen war, sagte ihm der Vater, er solle nach dem Mittelpunkt der Erdfläche gehen und dort werde er in einer kleinen Hütte ein Weib finden. Der Sohn machte sich mit Hilfe seiner Zauberkräfte klein, damit er rascher vorwärts komme und zog weg. Als er in die Nähe der Hütte, von der sein Vater ihm erzählt hatte, kam, fühlte er unter seinen Füßen die Erde wanken und zittern und fürchtete schon, er werde umkommen. Das wiederholte sich mehrmals, bis er das Haus erreichte. Da fand er, daß das Sprechen eines alten Weibes, das mit seiner Tochter im Haus wohnte, die Ursache der Erderschütterung war. Die Leute nahmen ihn gastfreundlich auf und da das Mädchen sehr hübsch war, heiratete er sie.

Nachdem er hier vier Jahre gelebt hatte, erinnerte er sich seiner Eltern und machte sich auf, sie zu besuchen. Unterwegs wurde er aber von einem anderen Wurm-Menschen, der ein Zauberer war, getötet.

Bald darauf fühlte auch sein Vater starke Sehnsucht nach seinem Sohn und brach auf, um ihn zu besuchen. Unterwegs fand er den Körper seines Sohnes und als er sich umsah, gewahrte er in der Nähe ein großes Dorf. Er ging zur Quelle, wo die Dorfbewohner ihr Wasser holten, machte sich klein und verbarg sich darin und vermittels seiner Zauberkünste brachte er aus Rache für den Tod seines Sohnes fast alle Bewohner um.

Als nur noch ein paar Leute übrig waren, bewirkte eine alte Frau aus dem Dorf, die wußte, daß irgend eine Zauberei gegen sie im Gange war, einen großen Zauber, demzufolge die See stieg, daß das Eis der Oberfläche zerbrach und es übers Land schwemmte, bis die Quelle zugedeckt war; dann zerschellten die Eisblöcke aneinander bis

der Wurm-Mensch in Stücke zerrieben und vernichtet war, so daß
die Leute von seinem Zauber erlöst waren.

Anmerkung

Diese Märchen der Eskimo zwischen der Beringstraße und der Hud-
sonbai wurden aus nachstehenden Veröffentlichungen übertragen und
ausgewählt:

Aus F. Boas: Central Eskimo (Annual Report of American Ethnology,
Vol VI. Washington 1888) stammen Nr. 2, 9, 11, 12, 17, 18, 19, 23,
25, 26, 31, 32, 36. Aus einer Veröffentlichung desselben Autors im
Bulletin of the American Museum of natural history (Vol XV, New-
York 1907) sind Nr. 7, 27, 35, 41, 51.

Aus E. W. Nelson: The Eskimo about Beringstrait (Annual Report of
American Ethnology, Vol XVIII/$_1$, Washington 1896/97) sind die Nr.
1, 3, 4, 8, 13, 14, 15, 16, 20, 21, 22, 28, 29, 30, 33, 37, 38, 39, 49, 50,
52, 53 ausgewählt.

Aus L. Turner: Ethnology of the Ungawa district. Hudsonbay territory
(Annual Report of American Ethnology, Vol VII. Washington 1889/90)
sind die übrigen Märchen: Nr. 5, 6, 10, 24, 34, 40, 41, 43, 44, 45, 46,
47, 48.